素人手記

ほしがる人妻たち
～初めての快感体験告白

竹書房文庫

第一章

快楽をほしがる人妻の告白

第二章　興奮をほしがる人妻の告白

第三章　陶酔をほしがる人妻の告白

社内不倫暴露の口止めに肉体を要求されてしまった私……167
投稿者 水沼瑠璃子（仮名）／25歳／OL

異常な興奮に酔いしれた素人熟女AV撮影体験秘話……173
投稿者 村川夏美（仮名）／38歳／パート

ずっと想い続けた義理の息子と淫らに契った暑い夏の日々……179
投稿者 沖原明日香（仮名）／29歳／専業主婦

長年憧れ続けた診療台エッチの快感に身を打ち震わせて！……185
投稿者 竹山ひとみ（仮名）／31歳／歯科助手

いかつい作業員に犯されて感じてしまった初めての絶頂……191
投稿者 山下みずほ（仮名）／26歳／専業主婦

第四章 絶頂をほしがる人妻の告白

書道教室の先生の淫らな筆さばきに性感を翻弄されて！ ……198
投稿者 墨田佳代子（仮名）／36歳／専業主婦

淫乱義母と若いセフレとの背徳エクスタシーに溺れて！ ……206
投稿者 佐野優子（仮名）／26歳／パート

ダイアきらめく魅惑のゴージャスSEXに酔いしれた夜 ……212
投稿者 橋村あやか（仮名）／31歳／デパート勤務

大学生男子二人に襲われるレイプ風味3Pエクスタシー！ ……217
投稿者 三上雪乃（仮名）／27歳／パート

夫の仕事の失敗を自らの肉体であがなう淫らな内助の功 ……223
投稿者 島村留美子（仮名）／29歳／専業主婦

肉体をもって田舎暮らしの洗礼を受けた淫らな昼下がり …… 229
投稿者 鏡久美子（仮名）／35歳／農業
誘導痴漢トラップでストレス解消するエッチでイケナイ私 …… 235
投稿者 吉野公江（仮名）／32歳／パート
義兄の巨根の餌食となり初めての衝撃快感の虜になった私 …… 242
投稿者 芳村真由美（仮名）／28歳／専業主婦
誰もいないオフィスでお局様と淫らにつながり合って！ …… 246
投稿者 設楽美優（仮名）／24歳／事務アルバイト
心傷ついた者同士の激しくも甘美な愛欲関係に身を投じて …… 250
投稿者 小宮山かおる（仮名）／34歳／専業主婦

第一章 快楽をほしがる人妻の告白

■Yさんの口中でクチュクチュと舌でねぶられた乳首はジンジンと痺れるようで……

身近で接客の声を聞きながら犯される㊙コンビニ快感！

投稿者 韮澤真由子（仮名）／31歳／パート

自宅近くのコンビニでパート勤めをしています。

オーナー兼店長は、元々ここで八百屋さんをやっていた五十四歳のYさんで、私はその当時から客として、顔なじみでした。実はその時から、買い物に来る私を見る目がなんともいやらしくて、ちょっと気持ち悪かったのですが、彼がコンビニに鞍替えした同じタイミングでわが家の家計も苦しくなり、通勤の便がよいということもあって（うちから徒歩七分）、働かせてもらうことになったのです。

基本、店のシフトはYさんかその奥さんと、他にパート二人の全三人体制。

その日は、ちょうど私とYさんの上がり時間が同じになりました。

「それじゃあ、お先に失礼します」

「はい、おつかれさま」

私は遅番のYさんの奥さんと、同じパートのSさんに一声かけて、店の奥にある控室兼更衣室に引っ込みました。

大抵、Yさんは店の外階段から直接二階の自宅に戻るのでそこにはおらず、私はすっかり油断してコンビニの制服から私服に着替えていました。

と、上着を脱いで上半身ブラジャーだけの姿になったちょうどその時です。

背後から、ムニュリと胸を揉まれたのです。

「……！　な、なに……」

思わず叫ぼうとした私の口は、大きくてごつい手でふさがれてしまいました。

「しーッ……静かに」

それは、もちろんYさんでした。

長年の八百屋稼業で鍛えた手は本当にがっしりと力強くて、そのあまりの圧迫感に私は声を出すどころか、身動きさえままならぬほどの恐怖心で固まってしまいました。

「そうそう、おとなしくしてれば痛いことはしないから……ああ、たまらん、ずっと奥さんとこうしたかったんだ……いいよね？」

私はもう頷くことしかできず、その反応に気を好くしたYさんは片手でブラジャーを上にずり上げて乳房を露出させると、ムニュムニュと揉みしだいてきました。

「ん……ぐふぅ……」

Yさんの手はガサガサなのですが、そのガサガサ感がなんだかもう、えも言われず刺激的で、私の乳首はビクンビクンと怖いくらいに反応してしまいました。

「ほほう、こんなにとがらせてしまって……エロい乳首だなあ。ほら、これならどうだ?」

Yさんはそう言うと、一応私の口にハンカチを突っ込んで叫ばれるリスクを排除したうえで、今度は背後から両方の乳首をグリグリとねじり込んできました。

「ふくぅ、んくぅぅ……」

「そうかそうか、気持ちいいんだな……ああ、まだまだこんなに可愛いピンク色して……ううッ、舐めちゃうよ」

ニュプリ……と、Yさんの唇に吸い込まれ、Yさんの口中でクチュクチュと舌でねぶられた乳首はジンジンと痺れるようで、私の全身を甘美な震えが走り抜けました。

「んっふ……んくぅっ……」

もう気持ちよくて気持ちよくて……私は思わずYさんの頭を抱えて、もっともっととでも言うように、自分の胸に押し付けていたのです。

「ああ、そんなに感じてくれるなんて……嬉しいよ」

Yさんはさらにたっぷりと私の胸を口戯で責め立てて、私の乳房全体が真っ赤に染まるくらい快感で昂ぶらせると、私を床に押し倒して、ジーンズと下着を剝ぎ取ってしまいました。

私のほうももうとっくに理性のタガは外れ、元々肉食系の本性が露わになってしまい……Yさんのズボンを自分から慌ただしく脱がしてしまっていました。そしてブリーフの布地を突き破らんばかりに激しく脈動しているペニスを撫でさすると、それはますます硬く大きく膨張して……。

「ああっ、もう……もうガマンできんっ！」

Yさんは必死で声を抑えながらそう言うと、ブリーフを脱ぎ捨てて剝き身のペニスを振りかざしてきました。そのグロテスクさとセクシーさがない交ぜになった魅力といったら……！

私は自分からペニスを摑んで、自らのアソコに向けて引き寄せていました。

さすがにこの期に及んで私に抵抗の意志はまったくないと判断したのでしょう。Yさんは私の口からハンカチを抜き取ってくれました。

「ごめんね、苦しかったね……でも、どんなに気持ちよくても、あんまり大きな声出しちゃダメだよ。店のほうに聞こえちゃうからね」

「うん、わかった……わかったから、早く、早くこの太くて硬いのぶち込んでェ……」

私は自分でもびっくりするくらいのはしたなさで応え、自ら腰を前に突き出してペニスの挿入をせがんでいました。

「じゃあ、入れるよ」

そして、Yさんのその言葉とともに、うっとりするような圧迫感が私の中に押し入ってきて……股間を中心に快感の電流が全身にほとばしるようでした。

「あん……あっ、いい……いいのォ……んくっ……」

「ああ、奥さんの中、熱くてヌルヌル絡みついてくるぅ……」

と、二人の歓喜の言葉が行き交う、その時でした。

「ありがとうございました～っ」

「いらっしゃいませ～っ」

夕方の繁忙時間帯に入ったようで、店のほうから奥さんやSさんらの接客の声が、大きく頻繁に聞こえてくるようになりました。

（ああ、あんなすぐ近くでみんなが働いてるっていうのに、私ときたらこんなことをしてるなんて……）

そう思うと、言いようのない背徳感と高揚感に包まれ、私はYさんのペニスを受け入れながら、あっという間にイッてしまいました。

「あひぃ……あうぅっ……」

「おや、もうイッちゃったのか。まだまだ、本番はこれからだからね」

Yさんは立て続けに私の肉体を貫いてきて、その後何度も何度も私は絶頂に達してしまいました。

そして、とうとうYさんも……。

「おうっ、うく……い……くっ！」

私のお腹の上におびただしい量のザーメンがぶちまけられました。

「奥さん、とってもよかったよ。またつきあってくれたら、時給のほうも考えてあげてもいいよ」

Yさんはそう言ってくれましたが、今のところ関係はこの時限りです。

でも、あのえも言われぬ背徳感に満ちた快感体験を思い出すと、今でもジンジンとアソコが疼いてしまうのです。

■予想どおり、あの大きく張り出したカリ首が絶妙の感触で私の中に引っかかって……

浮気性の夫に対抗して試した初不倫SEXのすばらしさ

投稿者 木佐貫美代子（仮名）／27歳／専業主婦

今の夫と結婚して今年で3年目。

夫は俗に言うエリートで、某大手企業で将来を嘱望され、三十歳そこそこにして年収は一千万超。暮らしにはなんの不自由もありません。

でも、こと女のこととなると、とんでもない飽き性で、

「結婚するのはいいけど、おまえに女としての興味を持てるのはせいぜいあと一年だ。そのあとはバンバン浮気するから、そこんところは承知してくれよな」

と、平然と言ってのけ、私もエリートと結婚できるということだけに目がくらんで、それを受け入れてしまったんです。本当に愚かでした。

ただ、彼の考え方は裏を返せば『おまえも好きにすればいいよ』というもので、私もその気になればしたい放題なわけですが、根が変に真面目なせいか、なかなか実際に浮気に踏み出すことができませんでした。

ところが、今年の結婚記念日……この日くらいは夫も私を気にかけてくれるだろうと思っていたら、あっさりと無断外泊。私の最低限の期待は無残にも打ち砕かれ、とうとう心の中のスイッチが入ってしまったんです。

『私も浮気してやる！』

インターネットであちこちの出会い系サイトにアクセスし、吟味に吟味を重ねた末、とうとう一人の男性と会うことになりました。

Mさんといって、三十六歳のＩＴ関連企業の若き社長さんでした。

Mさんはどうやら私とは逆で、奥さんのほうが男性関係に奔放過ぎて、でも諸般の事情で離婚するわけにもいかず、しとやかで奥ゆかしい女性を求めていたのだといいます（私がしとやかで奥ゆかしいかどうかは別として、結婚以来、初めて夫以外の男性と接触することはまちがいありません）。

待ち合わせて、軽く食事とお酒を楽しんだあと、高級なシティホテルにチェックインしました。

部屋に入って、Mさんのあとにシャワーを浴びて小ざっぱりした私は、素肌にバスローブという姿で、既にベッドで待ち構えている全裸の彼のもとへと向かいました。

「あらためて見ると、本当に色が白いんだね。きれいだ……色黒のうちの奴とは大違いだ。ほら、こっちへおいで」

Mさんに手を引かれ、私はベッドの上に倒れ込みました。

横たわった私のバスローブのひもを彼がユルユルとほどいていきます。

それなりの大きさのある私の乳房を見て、彼は嬉しそうに言いました。

「ああ、マシュマロみたいに白くてふっくらして……すごく甘そう……」

Mさんは私の乳房を大きくゆったりと揉み回しながら、左右の乳首を交互にチュパチュパと吸いしゃぶってきました。

もう夫とはここ半年ばかりも夫婦関係がご無沙汰なので、本当に久々の甘美な痺れが私の全身に染み広がっていき……、

「ああん、はふっ……あああっ……」

私は思わずあられもない喜悦の声をあげてしまいました。

「ふふ、敏感なんだね。嬉しいよ。うちの奴なんて、もうすっかりSEX慣れしてしまって、ちょっとやそっとじゃ感じやしないんだ」

Mさんはますます興奮してきたようで、私のオッパイを責める手指と口唇にも、がぜん熱が入ってきました。時折甘噛みまでしてくるものだから、その刺激的な快感に、私は身体を反り返らせて感じてしまいます。

「あうっ、あああ……いいっ、感じちゃうぅ……！」

「もっともっと感じていいんだよ。ほら、今度はこっちだ！」

Mさんは口で私のオッパイを攻めながら、同時に片手を伸ばして、その指をアソコに沈み込ませてきました。もうすっかり熱く潤っていたソコは、なんの抵抗もなくヌプヌプとそれを呑み込んでいきます。

「あああ……んはあっ……」

私はたまらない快感に酔いしれながら、無意識に彼の股間に手を伸ばしていました。そこにあったのは、夫のよりはるかに硬く大きいチ○ポでした。しかも、亀頭の部分が大きく張り出していて、すごく感じがよさそうです。私は無我夢中でそれをしごき立てていました。それに応じて、ますますいきり立っていくようです。

「ああ、ミヨコさん……そんなにされたら、俺、もう……！」

Mさんは膝立ちになると、私の両脚を持って左右に大きく広げ、パックリといやらしく口を開けたアソコに、ズズッという感じで力強く勃起したチ○ポを根元まで突き入れてきました。そして最初はゆっくり、しかしだんだんとスピードを上げて、ピストンの律動を送り込んできます。

予想どおり、あの大きく張り出したカリ首が絶妙の感触で私の中に引っかかって、それはもうたまらないエクスタシーをもたらしてくるんです。

「ああん、いいわぁ……あッ、すごい……すごい感じますゥ！」

「ああ、思いっきりイッていいんだよ……ほら、ほらッ！」

「あああぁぁぁぁ……イキますぅ！」

私はMさんに促されるままに、絶頂に達していました。この気絶しそうなほどの感覚、本当に久しぶりのことです。

その後の二回戦目でMさんもフィニッシュし、私はソレをしゃぶってあげて、再び大きくなったところで三回戦目を心ゆくまで愉しみました。

生まれて初めての浮気体験は、それはもう夢見心地のすばらしいものでした。

このあと、ハマってしまいそうな自分がちょっと怖いです。

■痴漢の股間の辺りに触れてみると、ズボンの布地を通してその熱く硬い昂ぶりが……

満員電車での痴漢の攻めに否応なく感じてしまった私！

投稿者　秋沢友里（仮名）／33歳／生保レディ

　私は北陸の某県で生保レディをやっているのですが、その年の成績優秀者として東京の本社で表彰を受けるということになり、せっかくの晴れの舞台だからということで、二人の小さな子供の世話を夫と姑にお願いし、一泊二日で生まれて初めて上京したのです。

　朝イチで地元を出発し、東京に着いたのはお昼過ぎ。なんとか午後三時からの表彰式典に間に合い、賞状と金一封を受け取り、そのあと夜の七時からは華やかなパーティーに出席し、それはもう夢のように楽しいひとときを過ごしました。ただ、たくさんの偉い人に会ったり、全国の営業ライバル（？）たちと顔を合わせて火花を散らしたりもして、それはもうかなりのエネルギーを消費したのはまちがいなく、十一時過ぎにホテルに入った時には超疲労困憊状態で、部屋に入るなりとりあえず身体を締め付けていた下着を脱ぎ去ってリラックスし、そのまま化粧も落とさずベッドに突っ伏して泥のように寝入ってしまいました。

おかげで翌朝はもう大遅刻！

私は超大慌てで下着を身に着ける余裕もなく、ノーブラ、ノーパン（！）のまま服を着込んで荷物を持ってホテルをチェックアウトしたのです。朝九時台の新幹線に乗らなければ、地元での大事な会議の時間に間に合わないのです。

私は東京駅に向かうためにホテル最寄りの駅から電車に乗り込みました。今まさにラッシュアワーということで、車内はもう超満員です。大きなキャリーバッグを抱えた私は、ほうほうの体でなんとかドア脇のコーナースペースを確保し、そこに身を落ち着けました。

（ふう……やっぱり東京ってすごいとこね。毎日こんな大変な目に遭うなんて、とてもじゃないけど想像もできないわ）

私がすっかり気を抜いて油断した、まさにそのときでした。

何かが胸に触れてくるタッチを感じたのです。なにしろ、ボタンを留めていないスーツの上着の下は、素肌の上に直接ブラウスを着ているだけなので、その薄手の布地越しに限りなくダイレクトに乳首が刺激されてしまいます。

「ひゃうっ……！」

「ほらほら、変な声出すとまわりの人に今の恥ずかしい状況、勘付かれちゃうよ。我慢して声を殺さないと」

私が思わず声をあげたことに対して、たしなめるような囁き声が聞こえました。

(ええっ、こ、これって……痴漢？　私、今痴漢に遭ってるの？)

なにしろ、私の地元ではラッシュアワーなどといってもたかが知れていて、通勤の電車やバスも、それほど大して混み合うことはありません。なので当然、痴漢被害などにもほぼ遭いようがなく、それは恐ろしく現実味のないことでした。

それがまさに今、私の身に降りかかっているなんて……！

もう頭の中が真っ白になってしまい、相手に言われなくても何も言葉を発することができなくなってしまいました。

「そうそう、おとなしくね……いい子だ」

痴漢は耳元で妖しくそう囁くと、ブラウスの上からスリスリコロコロと私の乳首を撫で転がしてきました。布地のスベスベとした滑らかな感触も手伝って、それはなんだかもうビックリするくらいの心地よさでした。

「あふ……んんっ……んふ……」

「おやおや、もうこんなに乳首を固くしちゃって……スケベなお姉さんだなあ」

痴漢は嬉しそうに言うと、さらに両方の乳首を意地悪く愛撫してきました。やさしく撫でながら、時折キュッときつめに摘まみ上げて……その硬軟織り交ぜた快感攻撃に、私はものの見事に翻弄されるばかりでした。

「あ、く……くはっ、うう……」

「ふふふ、上がノーブラってことは、ひょっとしてこっちも……？」

痴漢の囁きの意図を瞬時に察した私は、慌てて脚を閉じて股間をガードしようとしたのですが、時すでに遅く、彼は私のスーツのスカートの裾から手を潜り込ませて、一番恥ずかしい部分に触れていました。

「あ、やっぱり！　なに、最初から痴漢されたくて、こんな格好で電車に乗ったわけ？」

「ち、ちが……っ！」

私の必死の否定の言葉も、痴漢の指によってクチュクチュといやらしい音をたてるアソコのおかげで、なんの意味も持ちませんでした。

「あ～あ、こんなに濡らしちゃって。どうしようもないスケベマ○コだなあ……ほら、俺のもちょっと触ってみてよ」

痴漢に導かれて、彼の股間の辺りに触れてみると、ズボンの布地を通してでもその硬く熱い昂ぶりが感じられました。その途端、信じられないことに私の興奮度も一気に高まってしまい、私は必死で痴漢の股間を擦り立てて刺激していました。それに応えるかのように、ズボンの中のペニスはグングンと力感を増していくようです。

「ああ、いいよ……手の動き、すごく上手だ……」

痴漢の声にもうっとりしたような響きが混じり、私の乳首と股間をいじる手にがぜん熱が入ってきました。

「あ、ああ……あひぃ……」

満員の電車の中だというのに、私はグングン絶頂に向かって昇り詰めようとしていました。自然と痴漢の股間をさする手にもさらに力が入ってしまいます。

「うう、ああ、そうだ……そう、上手いよ……俺も、もう……！」

次の瞬間、ズボンの上からでも痴漢のペニスがビクビクと震えて爆発するのがわかり、私も腰を小刻みにガクガクさせながらイッてしまったのです。

「ありがとう、とってもよかったよ」

痴漢はそう言い残すと、次の停車駅で降車していきました。

私はボーっと魂が抜けたようになってしまい、そのまま目的の駅までただ手すりバーにもたれて立ち尽くしていました。

■私のお尻の下で、勝手知ったる魅惑の感触がムクムクと身をもたげてきて……

大好きなセフレとの五年ぶりの再会に性の悦び大爆発！

投稿者 石川美和（仮名）／29歳／専業主婦

その日は夫の会社の創立三十周年記念パーティー。原則、社員は配偶者同伴ということで、私も精いっぱい着飾って、夫と二人で会場である高級ホテルへと赴いた。

実は私も元々は同じ会社に勤めていて、当時の上司だった十才年上の夫と結婚し、その後退職したのだ。そんな私にとって、今日のパーティーには、また別に楽しみにしていることがあった。

夫には内緒だが、当時私には社内に同じ歳のセフレ男性社員がいたのだ。元々がエッチ好きだった私は、その彼Fと、ただただ快感を追求するだけの割り切った関係を持っていたのだが、エリートである夫との玉の輿婚によって、それも終わりを告げたというわけ。

そして、結婚したはいいものの、案の定十才も年上の夫は私の貪欲な性の欲求に満足に応えることができるわけもなく、私は日々悶々と疼く身体を持て余していて……

そんな折に、このパーティーの機会がやってきたのだ。

するとなんの巡り合わせか、パーティー会場の受付係がFだった。

「やあ、久しぶりだね、部長夫人様。元気だった？」

先に記帳して夫が会場に入っていったあと、Fはにこやかに冗談めかして声をかけてきた。

「ええ、元気過ぎてもうたまらないわ」

私は思わせぶりにそう答えると、Fにメモの紙切れをそっと渡して夫のあとを追って会場に入っていった。そこにはこう書かれていた。

『一時間後、男子トイレ前で待ってる』

振り返って遠目にFのほうを見やると、そのメモを読んだらしい彼と目が合い、お互いに笑みを交わし合った。

Fとはとにかく身体の相性がよく、セフレづきあい時代は、週に一回は会ってセックスしないと、軽く禁断症状が起きるくらいで、それが私の結婚退職以来、もう実に五年近くも会えていないのだ。夫婦関係の頻度も低く、相性的にもFとの足元にも及ばない夫との日々に耐えがたい欲求不満を抱えていた私は、久しぶりにFの顔を見ただけで、思わずアソコを濡らしてしまっていた。

ああ、早く抱いて欲しくてたまらない……！

スピーチ等の儀式めいたことがひととおり終わり、自由歓談の時間帯に突入したまさにパーティー開始から一時間後、私はいそいそとフロア隅にある男子トイレへと向かった。

すると、すでにそこにはFがいて、私を待ってくれていた。

私たちは互いに目配せし、まわりに誰もいないことを確認すると、素早く男子トイレに入り、一番奥の個室へと身を滑り込ませた。

「ああ、会いたかった！」

「ああ、俺もだよ。ずっと美和のことが恋しかったよ」

私たちはそう声に出してお互いへの想いを伝え合うと、きつく抱き合い、口づけを交わした。

Fの唇を割って舌を滑り込ませ、彼の口中を歯の裏側までくまなく舐め回した。二人の唾液が溢れ、淫らに混じり合って顎から滴り落ちてゆく。

「ふはッ……んんんッ、んぐふぅ……」

「んぷッ、くはっ……んじゅうぅ……」

私は蓋をした便座の上にFを座らせ、その前にひざまずくと彼のシャツのボタンをもどかしげに外していった。そして、久しぶりに目にした彼の小ぶりな乳首に夢中でむしゃぶりついていた。長く伸ばした爪の先でコリコリといじくり回しながら、舌で吸い、転がし、時には噛んで弄んであげるのだ。

「はうっ……ああ、美和……相変わらず激しいなあ」

彼はそう嬉しそうに喘ぎながら、私の胸にも手を伸ばしてきてくれた。もちろん、私は準備万端、今日この時を想定してちゃんとノーブラだ。

Ｆの指先が私の乳首に触れ、しばらくクイクイと軽くいじくって感度を上げたあと、今度は思いっきり強くねじり上げてきた。それはもう乳首がちぎれんばかりの強烈さで……！　でも、私はこれが大好きなのだ。

「あひっ、ああん、そう……それ、いいわあっ、ああう……」

私はあられもなくヨガってしまい、しばらくそのＭ的快感を味わったあと、今度は彼の膝の上にまたがって、乳房を彼の口に押し当てていた。

「ああん、思いきり吸って……噛んでェッ！」

私のおねだりに応えて、Ｆはたっぷりと乳房と乳首を可愛がってくれた。彼の唇と舌、そして歯がもたらす甘美な快感に、私はもう身をのけ反らせて陶酔していた。

と、私のお尻の下で、勝手知ったる魅惑の感触がムクムクと身をもたげてくるのがわかった。私の大好きな彼のオチ○チンだ。特別大きくはないが、その絶妙の形状は抜群のフィット感で、私の中に納まってくれるのだ。

私は再びひざまずいて、彼の股間に顔を埋めると、そのオチ○チンを咥えてフェラチオしてあげた。たっぷりと唾液を分泌させて、グッチョ、ジュッポとあられもないスケベな音をたてながらしゃぶり立てるのだ。

「あっ、ああ……すげえ、やっぱすげえよ、美和……」

彼は感極まったように、そうせつなく喘ぎながら、自らも腰を前に突き出すようにして、私の喉奥にオチ○チンを突き入れてきた。そのむせ返るような息苦しさが、またたまらなく私の興奮を煽るのだ。

そして、言うまでもなく、触れられずともこれ以上はないというくらいにぐっしょりと私のアソコも濡れそぼり、いよいよ待ちに待った合体に及ぼうとした、まさにその時だった。誰かがトイレに入ってくる物音が聞こえてきた。

「……！　しいっ！」

「………」

個室の中で、私とFは一瞬固まったものの、一度始まってしまった待望の合体への流れはもう止められない。私は腰を彼のオチ○チンに向かってズプズプと沈めていき、とうとう奥まで呑み込んでいた。

「あん……んんんっ……」

そして必死で声を小さく抑え込みながら、彼の上で身体を上下動させた。本当に久しぶりに味わうおなじみの気持ちよさが、私の内部でジワジワと広がっていった。そして、そこに彼からの激しい突き上げも加わり、ジワジワが一転、ほとばしる電流のような衝撃に変わり、怒濤の快感となって私の全身を貫き通す。

「はうぅ……あひぃぃ……！」

「ああ、美和、美和……ああっ！」

必死で抑え込みながらも、私たちのエクスタシーの声は呼応し合い、二人の身体の震動は際限なく大きくなっていき……そして、

「あっ……あああああっ……！」

私を激しい絶頂の波が襲い、アソコに彼の熱いほとばしりがたっぷりと注ぎ込まれるのが感じられた。

本当に、本当に久しぶりに大満足の再会だった。

その後、何食わぬ顔で会場に戻って夫のかたわらで周囲の人たちに愛想を振りまきながら、次にFに会える日のことを夢想する私だった。

■私はたくましく天を突いている彼のペニスに向かってアソコを沈み込ませていき……

アルバイト大学生の熱くたくましいたぎりを受け止めて

投稿者 若槻みはる（仮名）／36歳／自営業

夫と二人で小さな居酒屋を営んでいます。

その日は、故郷で同窓会があるということで、夫が一晩店を空けることになり、私は店を休業しようかと思ったのですが、アルバイトの文也くんも協力してくれるというので、がんばって店を営業することにしました。

土曜の夜ということで、比較的暇ではあったのですが、それでもやはり夫がいないとスムーズにいかないことも多々あり、私は文也くんと二人で必死で店を切り盛りしました。

そして、なんとかようやっとその日の営業を終了。

「文也くん、本当によくがんばってくれたわね。おつかれさま」

私はそう言って彼のがんばりをねぎらおうと、ほんの心ばかりのお礼にビールをご馳走してあげることにしました。

「かんぱーい」

「かんぱーい、いただきまーす」

文也くんは二十一歳の大学生で、シュッとしたルックスの今どきのイケメンです。彼目当てに店に来る女性客も少なくなく、実は私も心憎からず思っていました。

でもまさか、あんなことになってしまうとは……。

「ほら、みはるさん、もう一杯ググーッと」

さしつさされつしているうちに、私はかなり酔いが回ってきてしまいました。でも、そんな私の様子を知ってか知らずか、文也くんは次から次へと、ビールを注いできて……私もなんとなく断れず、勧められるままに杯を重ねてしまったのです。

そしてふと気づくと、いつの間にか、それまでテーブルの向かいに座っていたはずの文也くんが、私の隣りに来ていました。そしてぴったりと身体を密着させて、私の肩に腕を回しているのです。

「ん？　……文也くん、何しれるろ……？」

酔いのせいで舌がうまく回らないままそう訊ねると、彼はいきなりグイと私を抱き寄せてキスしてきました。強烈に私の唇を吸い上げ、強引に長い舌をぬめり込ませてきます。

「んんんッ……ぐッ……！」

朦朧とする意識の中で、私はなんとか自制心を呼び起こすと、一生懸命手を突っ張って彼の身体を引き離そうとしました。すると、文也くんは、

「みはるさん、ずっと、ずっと好きだったんです……」

そう言ってさらに力を込めて私の身体を引き寄せ、そのまま引きずるようにして私を店の奥にあるちょっとした休憩スペースに連れ込んでしまいました。そして、私をその場に押し倒したのです。

「きゃあっ……！　ふ、文也くん、ちょっと……!?」

彼は私の両脚を割るようにして身体をねじ込ませて上に覆いかぶさると、両手で服の上から胸を揉みしだきながら、再び濃厚なキスをしてきました。荒々しくも甘美な胸への刺激が加わって、さっきよりもさらに、えも言われぬ感覚が私に襲いかかってきます。

「んふぅ……んはあっ……あぐぅ……」

「ぷはっ……ああ、みはるさん、素敵だ……たまんないよ！」

長く荒々しいキスを終えて顔を離した文也くんと私の唇の間には、お互いの混じり合った唾液がツツーッといやらしく糸を引き、私はそれを見た途端に、ぎりぎり保っ

ていた人妻としての理性が吹き飛んでしまいました。

（ああ……大好きな文也くんに愛されたい……！）

その欲求で頭も身体もいっぱいいっぱいになってしまった私は、今度は自分から恥ずかしげもなく彼の唇を求めていました。

首から上を持ち上げて、下から文也くんの唇を貪り、チュッチュッとついばんで、だらだらと垂れてくる彼の唾液をゴクゴクと飲み下します。

そうするうちに下のほうから、彼の股間が固くしこってくる感触が伝わってきました。ちょうど私の太腿の辺りに触れているソレは、熱くドクドクと脈打っていて、私を求めるあまりの熱い血流のうねりが手にとるようにわかります。

私はもうたまらず手を伸ばして、彼のジーンズのジッパーを下ろすと、中からビンビンに勃起したペニスを引っ張り出しました。直に触ると、ますますその熱いたぎりが実感できて、思わず私の股間もジワーッと潤んできてしまいます。

「ああ、文也くん……あなたのコレ、早くちょうだい！」

「ああ……みはるさん……！」

彼のほうも私の下半身をもどかしげにまさぐって、長めのスカートをたくし上げると、パンティとストッキングをずり下げてきました。そして露わになった激濡れ状態のソコに指を入れ、ズチュズチュと抜き差ししてくるのです。

「ああっ……ひあ、あふぅ……ああん、感じるのぉ……」

私はそう喘ぎながら、こっちからも彼のペニスをしごき立ててやりました。ひとしごきする度に、先端から滲み出したガマン汁によって、ズチュ、ヌチュ……といやらしい音が響きます。

私はズルズルと体をずり下げていって、目の前にきた文也くんのペニスを咥えました。そして精いっぱい舌を絡めてフェラで愛撫してあげました。

「あう……そんな、みはるさん……こんなことしてもらえるなんて、夢みたいだ」

私のフェラチオに感極まったような文也くんのその言葉を聞くと、もういよいよ私の欲望テンションも限界です。私は身を起こして逆に彼を横たわらせると、ストッキングとパンティを完全に脱ぎ去ってまたがり、たくましく天を突いているペニスに向かってアソコを沈み込ませていきました。熱く硬いたぎりがヌプヌプと私の中をいっぱいにしていきます。

「あん……あふ、ああん、あひぃ……すごい、文也くんのが奥までくるぅ……」

私はより深く彼のペニスを味わうべく、身をよじらせて股間を締め付けました。すると、それに応えるかのように彼も激しく下から突き上げてくるのです。

「あう、ああん……あひっ、あふっ、ああああんん……！」

「ああっ、みはるさん、僕、もう……！」

そう言うと文也くんはガバッと身を起こして、私の身体の向きを変えさせると、バックから突き入れてきました。より深くえぐるような快感が私の全身を貫きます。

「あひぃぃぃぃッ……イ、イクゥ……」

私は恥も外聞もなくそう叫ぶと、またたく間にオーガズムに達していました。

「あう、んくッ、ぐふぅ……」

彼も荒々しくそう息づきながら、ドクッ、ドクッ……と、あとからあとから大量のザーメンを私の背中に向かって吐き出していました。

その後しばらくして文也くんは、就職活動のためにアルバイトを辞めていったのですが、その前にせめてもう一回、エッチすればよかったとちょっと後悔している私なのです。

■巨大な肉棒が出し入れされる度に火花がスパークするようにエクスタシーが明滅し……

深夜の公園内で私を襲ったレイプSEXの衝撃カイカン

投稿者 村中秋絵（仮名）／24歳／OL

それは去年の夏、ものすごく暑い日の出来事でした。

残業を終えて終電で最寄駅に帰ってきた私は、夜の十二時近く、家から徒歩十分ほどのところにある公園の近くを歩いていました。

（この公園を突っ切れば、家までかなりの近道になる……でも、公園の中は真っ暗で怖いし……）

と、私は所要時間はかかるけど、通常の街灯の整備されたルートで帰るかどうか葛藤していました。

でも、かなり疲れていたこともあって、私は前者を……真っ暗な公演を突っ切って帰るほうを選んでしまったんです。

その公園はかなり広くて緑豊かで、日中に憩いの場として過ごす分には大変いいところなんですが、裏を返せば人目につかないような深い茂みが多く、夜に通るということはそれ相応の覚悟がいる場所でした。

でも、今さら引き返すわけにはいきません。私は脇目も振らず足早に公園内を歩んでいきました。風だか猫だか、時折ガサガサと茂みから聞こえる物音に肝を冷やしながら。

そして、ちょうど公園のど真ん中、公衆便所のある辺りにさしかかった時でした。何者かが脇から飛び出してきて、私の口を手でふさいで声をあげさせないようにしたうえで、後ろから羽交い絞めにしてきたんです。

「！　……んぐッ、ううううッ……！」

私は精いっぱい手足をバタつかせて抵抗しようとしました。が、

「静かにしないとぶっ殺すぞ！」

と、恐ろしくドスの効いた声でそう言われ、私は恐怖のあまり全身が固まったように動けなくなってしまったんです。

「そうだ、言うとおりにすれば痛い思いはさせないからな、わかったか？」

後ろから耳元でそう囁かれ、私は思わずコクコクと頷いていました。

相手は身体が大きく、声の感じから三十～四十歳くらいの男と思われました。強い力で軽々と私を茂みの奥へと引きずり込んでいきます。

（ああ、私、いったいどうなっちゃうの……？）

抵抗しなければ乱暴はされないとわかったものの、依然として恐怖が私の中を支配していました。すると、相手はおもむろに私の口の中にハンカチらしき布きれを突っ込んできました。これではもう思うように声も出せません。

「はあ、はあ……あんた、こうやって近くで見ると、若くて美人だよな……」

下卑た欲望に満ちた声が私の耳朶をなぶりました。

（こいつ、私を強姦しようとしてるんだ！）

相手の目的を察した私を、新たな絶望感が襲いました。当然、これまでの人生でレイプされた経験はありませんが、色々と読んだり見たりしてきた印象から、つらくて痛くて恐ろしいもの、というイメージがあまりにも強烈だったからです。

（ああ、私……ボロボロにされちゃうんだ……）

そう思うと、途端に涙が溢れてきてしまいました。

でも、下手に抵抗して殺されたりしたら、それこそ最悪です。私はひたすらじっと耐え忍ぶことを決心しました。

私は地べたに横たえられ、お腹の上に相手がまたがってきました。そして、ブラウスのボタンをプチプチと上から順に外していき、前をはだけられてしまいました。ゴクリと相手が生唾を飲む音が聞こえたかと思うと、ホックが外されブラを剝ぎ取られ、とうとう裸の胸が露わにされてしまったんです。

「うわ、なんて白くて大きくて……きれいな胸なんだ……すげえ！」

そう感嘆するような言葉が聞こえた時、意外にも正直悪い気はしませんでした。

（私ったら、これから強姦されようとしてるのに、何喜んでるのよ？）

思わず自分で自分をたしなめていましたが、うちの夫がそういうことを言ってくれるようなタイプではなかったので、それはそれで限りなくホンネだったんです。

相手は私の胸にむしゃぶりつき、ハアハアと息を荒げながら、乳房をわしわしと揉みしだき、乳首をチュウチュウと吸い上げてきました。

（え……なに、これ……私ったら強姦されてるっていうのに、気持ちいい……？）

それはかなりの驚きでした。

そりゃあ確かに、荒々しく乳房を揉みしだかれて多少の痛みは感じますが、それ以上にジンジンと疼くような快感のほうが強烈に感じられて……私は自分自身の思わぬ反応にうろたえてしまったんです。

（ああん、やだ、うふぅ……かんじるぅ……）

「ああ、美味しい、美味しいよ、あんたのオッパイ……！」

相手はそう言いながら、だんだんと下のほうにずり下がっていきました。その舌は私のお腹を舐め、おへそをほじり、下腹部をくすぐり……そしてついに私の陰部をとらえると、指でワレメを左右に押し広げながら、舐め、啜り上げてきました。

(ひゃあぁぁッ……すごいぃ、あんっ、しびれるぅ……)

私は陰部から広がっていく快感に、全身をよじらせながらヨガってしまいました。グチュ、ヌチュ、ズニュ、ジュププ……すっかり濡れそぼつソコは、静まり返った辺りに響き渡るほどの淫らな音を立てて啼き、相手の口唇愛戯に恥ずかしげもなく応えてしまいます。

「うわっぷ……あんた、すごい大洪水だよ……はあ、はあ……た、たまらん!」

相手は私の思わぬ反応に、想像以上に興奮してしまったようで、慌ててもどかしげにズボンを脱ぎ始めました。そして、現れたソレは……今まで見たどれよりも巨大なチ○ポでした。隆々と勃起したその全長は優に二十センチはあり、太さも五センチ以上は確実にありました。

(ああ、軽く夫の一・五倍はある……こんなの入れられたら、私、いったいどうなっちゃうの?)

そう……それは決して恐怖などではなく、クラクラするような期待感でした。

（ああ、早く……早く入れてェ……！）

そして、そんな私の淫乱な心の叫びが通じたかのように、相手はズブズブと勃起したチ○ポを、私の陰部に挿入してきました。その圧倒的な圧迫感に、最初こそ苦痛を感じましたが、その我慢の一瞬が過ぎると、続いて怖いくらいの快感の波が押し寄せてきました。前後に大きく腰がグラインドされ、巨大な肉棒が出し入れされる度に火花がスパークするようにエクスタシーが明滅し、私は腰を跳ね上げてその快感に身悶えしてしまうんです。

（あひっ、ああん、はうううぅ……ひゃあっ……！）

「はあ、はあ……あんたの中、すげえ熱くて絡みついてくる……ううっ……」

相手も恍惚とした表情でそう喘ぎ、どんどん腰の動きが速く激しくなっていきます。

そして、とうとう最高の波が私の中に押し寄せ、荒れ狂い……、

（ああっ、イク……イ…クゥ……ッ！）

私はビクン、ビクンと全身を震わせて絶頂に達し、相手も盛大に大量の白濁液を私の陰部の中に吐き出しました。

ああ、強姦されるのが、こんなに気持ちいいものだったなんて……。

気がつくと相手は姿を消し、私は公園の暗闇の中、汗だくで一人横たわっていまし

た。その後身づくろいをし、何食わぬ顔で帰宅しました。

その後も、この時の快感が忘れられなくて、幾度となく夜中に公園内を歩いたのですが、未だに思いを叶えることができません。

ああ、もう一度、思う存分この身を犯してほしいのに……!

■Fカップある私の乳房は舅の口の圧迫によってグニャリと淫らにひしゃげ……

舅の膝の上で淫らにイキ果ててしまった禁じられた夜

投稿者　槇野優花（仮名）／27歳／専業主婦

結婚して、主人の家に嫁いで三年になります。

病が発覚して、姑が亡くなったのは去年のことでした。それはもう、あっという間のことで……仲良し夫婦だった舅の落ち込みようといったら大変なものでした。

なにしろ、姑は享年五十三歳という若さでの急死。残された舅もまだ五十五歳という、いわば男盛りだというのに、ショックのあまり勤め先を早期退職して、家に引きこもり状態になってしまったんです。

私はそんな舅を力づけようとあれこれ気を使ったのですが、時の経過もあり少しは元気を取り戻したものの、以前の明るさに比べるとまだまだという感じでした。

そんなある日のことでした。

夫が出張で一晩家を空けることになり、家には私と舅だけ。

実は結婚して以来、そんな状況は初めてだったので、どうやって間をもたせようか考えた挙句、私はお酒の力を借りることにしました。普段、舅はあまり飲まないのですが、お酒で楽しく酔っ払ってもらえれば、元気づけにもいいかな、と思って。

「ああ、優花さんにお酌してもらえるなんて嬉しいねえ。今日のお酒はなんだかとっても美味しいよ」

私に日本酒を注がれながら、舅は珍しく上機嫌で盃を次々とあけ、私はほっと一安心していました。

ところが、酒宴が始まって一時間半ほどが経過した頃、なんだか舅の様子がおかしくなってきました。それまで楽しそうに盛り上がっていたのが、だんだんふさぎ込みがちになってきてしまったんです。そして、

「洋子ォ……なんで俺をおいて逝っちまったんだよぉ……寂しいよぉ……」

と、亡くなった姑の名を呼びながら泣くのです。

「お義父さん、大丈夫ですよ。私も啓治さんもついてますから、ね？」

私は夫の名も出して、必死で舅を励まそうとしました。

と、その時です。

急に舅がガバッと私に覆いかぶさってきたのは！

「えっ、ちょっ……お義父さん、な、何を……!?」

思わず非難の声をあげてしまったものの、舅のご相伴にあずかり、それなりに酔っていた私はうまく身体に力が入らず、そのまま畳の床に押し倒されてしまいました。薄手のセーターの上から、ブラジャー越しに私の胸を鷲摑みながら、舅が言いました。

「ああ、優花さん……寂しいんだ、お願いだ、慰めてくれよぉ……」

元々が頑健な体つきの舅の力はまだまだ強く、押さえ込まれた私はまったく身動きができません。

「あ、お義父さん、そんなこと……ダメです！　いやっ……」

力任せに胸を揉みしだかれて、なんだかカーッと身体が変な熱を発し始めているのに自分でもうろたえながら、それでも私は精いっぱい抵抗しようとしました。だけど、舅の手は怯むことなく、いよいよセーターの内側に入り込んできて、ブラジャーを強引にずらして直に私の乳房を愛撫してくるのです。

「ああん、だ……め……お義父さん、やめてくだ……さ……」

「ああ、優花さんの胸、なんて柔らかいんだ……どれだけこうすることを夢見てきたことか……ああ、優花さん！」

私は万歳させられて頭からセーターを脱がされ、ブラジャーも剝ぎ取られてしまいました。そうして舅は剝き出しになった乳房に食らいついてきました。Ｆカップある私の乳房は舅の口の圧迫によってグニャリとひしゃげ、それとは逆に、唇と舌で舐められ、吸われた乳首はピンと硬く尖ってしまっています。私は自分でその様を見ながら、なんだか言いようもなく淫らな気持ちになってきてしまいました。

「あふ、そんなにされたら……ああ、お、お義父さん……！」

「何？　こんなにされたらどうなんだ？　え、優花さん……？」

私の反応がますますその興奮を煽ってしまったようで、舅はさらに激しく胸をしゃぶり立てながら、手をスカートの中に潜り込ませてきました。そしてストッキングとパンティ越しに、一番恥ずかしい部分をキュウキュウと揉み込んでくるのです。その刺激はビリビリと甘酸っぱい電流を発し、胸への攻撃と相まって、見る見る淫らなエネルギーが高まっていくようでした。

「ああん、ダメ、そこぉ……ああっ、あああ……！」

私は全身をのけ反らせて喘ぎ、その勢いで、舅の唾液によってしとどに濡れた乳房がブルブルと震えました。

「優花さん、ああ……優花さん……」

舅は私の名を連呼しながら、とうとうストッキングとパンティを脱がしてしまいました。今や私が身に着けているのはスカートのみです。

舅は私の上に乗る形でシックスナインの体勢になると、私の恥部を口で攻め始めました。その長く分厚い舌が内部でうねる度に、あまりの気持ちよさにビクンビクンとお尻が跳ねてしまいます。

「あっ、ああ……お義父さん、ああふぅ……」

今や私の嫁としてのモラルも吹き飛んでしまい、気がつくと顔の真上にある舅の股間に手を伸ばし、ズボンを脱がせてペニスを取り出していました。

（ああ……やっぱり……）

夫はかなりの巨根なのですが、さすがその父親です。それに負けないくらい……いや、それ以上の迫力を持った見事なペニスでした。私は首を起こして無我夢中でしゃぶりつき、玉の袋を揉み転がしました。

「ああ、お義父さん……ください……コレを私のアソコに……ください！」

私はあられもなくそう懇願し、カチカチにたくましくなったペニスを掴んでギュウギュウと引っ張るようにしました。

「ああ、優花さん、いいんだね……？」

もう、いいも悪いもありません。トロトロに淫らに開ききってしまった恥部をおとなしくさせるには、大きくて硬いモノをぶち込んでもらうしかないではないですか。

舅は身体を起こして全裸になると、私のスカートを腰のところまでずり上げさせました。そして、あぐらをかいた自らの上に、お互いが向き合う体勢で私を座らせたのです。私は舅にキスしました。舌をネットリと絡めてお互いに吸い合っているうちに、下のほうからズブズブと舅のペニスが侵入してきて……。

「ひああっ、あんん、あああああっ……」

股間を引き裂くようなその熱い力感に、私は声を張り上げて淫らに喘いでいました。ユサユサと全身を揺さぶられ、その度に奥へ奥へとえぐられるようで……。

「ああ、優花さん……優花さん！」

「あっ、お義父さん、お義父さん……！」

私は舅の背中にきつく爪を立てながら、何度も何度もイッてしまいました。

そのあとに私の中に放出された舅の精液も、それはもう年齢を感じさせないすごい量で、なんだか嬉しくなってしまいました。

私と舅の過ちはこの時の一度きりですが、もしまた同じような状況に出くわしたなら、私は拒絶できる自信がないのです。

■長い舌を別の生き物のようにヌメヌメと動かして、アソコの周縁部をなぞり……

真昼間から繰り広げられる社宅妻三人の淫らな肉体交歓

投稿者　中島かをり（仮名）／32歳／専業主婦

主人が転勤になり、私たち夫婦は某地方都市にある、社宅へと引っ越しました。

そしてそこには、レディースコミックなどで読んだことのある、それぞれの夫の会社での地位に応じた、社宅妻たちの絶対的上下関係が本当に存在したんです。

その社宅での女ボスは部長夫人の真澄さん（四十二歳）でした。

なんでも昔から、社宅一番の新入りがボスの奴隷（？）となって、あれこれ働かなければならないという掟があるらしく、当然、その役回りは当面の間、私が務めることになりました。

それは、日々の買い物の荷物持ちから部屋の掃除、台所仕事の補助、子供の世話……と、お金をもらってやる家政婦さん顔負けの労働量で、かなり疲労困憊の毎日でしたが、その代償として真澄さんの一言で主人の会社での出世が少なからず後押しされるということで、がんばり甲斐もあろうかというものでした。

でもまさか、あんなことまで要求されるなんて……⁉

ある日の昼下がり、自室でアイロンがけをしていた私は、いきなり携帯で真澄さんからの呼び出しを受けました。

「あ、はい……わかりました。二十分後には必ず伺います」

私はそう答えましたが、その会話の中で『必ずシャワーを浴びて身ぎれいにしてから来るように』と言われたことが不思議でなりませんでした。確かに真澄さんはきれい好きだけど、今までこんなこと言われたことなかったなあ……私はそう首を傾げながらも、言われたとおりシャワーを浴びて二十分後に彼女の部屋のチャイムを押したのです。

「ああ、いらっしゃい」

真澄さんに迎え入れられた私は、そのままリビングへと通されました。

なんだか甘ったるいお香のようなものが焚かれています。

するとそこには、課長夫人の利恵さんという先客がいました。

「あ、利恵さん……こんにちは」

とりいそぎ挨拶した私でしたが、その時の利恵さんのなんとも微妙な笑みが少しひっかかりました。

その後私たち三人は、三十分ほどどうといったこともない会話に興じ、私はいきなり呼び出された理由がわからず混乱していました。

が、辺りを支配するなんとも妖しげな気配を感じ、ふと顔を上げると、なんと真澄さんと利恵さんが寄り添って、口づけを交わしていたんです！

（え、ええええええっ⁉）

あまりの出来事に思わず固まってしまった私でしたが、それまでうっとりと目を閉じていた利恵さんがこちらに視線をくれて、手招きをしてきました。私はとまどいながらも、とりあえずじっとしているわけにもいかず、二人のほうににじり寄っていきました。すると、

「かをりちゃん、初めてよね。最初は教えてあげなくちゃね」

と、利恵さんが言って私のうなじに指で触れてきました。

思わず、ゾクゾクッと甘い震えが首筋に走りました。

実はここ半年ほど、新しい職場に馴れることで精いっぱいな主人は私の身体に触れようとはしてくれず、スキンシップに対する免疫が下がってしまっていたんです。だから、同性からとはいえ敏感な場所に触れられて、過剰に反応してしまったのだと思います。

「ふふ……今、ビクってした……かわいい……」

利恵さんはそう言って真澄さんから身体を離すと、私のうなじに今度は唇を寄せてきました。そして舌でツーッと舐め上げて……。

「あふ……ひゃうんッ！」

思わず変な声が出てしまい、同時にアソコがキュンッとしてしまいました。

「ほらほら、利恵さん、その前に少しは説明してあげないと、かをりちゃん、わけわかんなくなっちゃうわよ」

横から真澄さんが口を挟んできました。

「私と利恵さん、もう一年ほど前からこういう関係なの……お互いの夫が仕事にかまけて全然相手にしてくれないから、いつの間にかね。ほら、銃後を守る社宅妻として、よその男と不倫するわけにはいかないじゃない？　だから仲間同士で、ね」

と、今度は利恵さんが、

「そ。でも、二人だけじゃだんだん飽きてきちゃって……新しいシゲキが欲しくてかをりちゃんを巻き込んじゃおうってわけ。アンダースタン？」

て、そこで私の意志はまったく尊重されないんだ……まあ、所詮、奴隷にどうこう言う権利はないか。

要は、二人のレズ関係に刺激をもたらすべく、私が３Ｐ要員として招集されたというわけです。シャワーで身ぎれいにして、という意味が遅まきながら理解できました。

「うふふ、とりあえず、女同士のよさを教えてあげるわ」

そう言って妖しく微笑むと、真澄さんが私のシャツのボタンを外し始めました。

「あ、私、あんまり胸大きくないから恥ずかしいです……」

「そんなこと気にしないの。むしろ、私も利恵さんも大きいほうだから、逆に新鮮でいいわ」

そうこうするうちに私は全裸にされてしまい、二人もそれぞれ服を脱ぎました。二人とも確かになかなかのグラマラス・ボディです。

私は床に横たえられ、左右から真澄さんと利恵さんが両方の乳房を責めてきました。おくゆかしい（？）乳房が撫で回され、指先でコリコリと乳首がいじくられ……さらにチュパチュパと唇で吸われ、私は思わずヨガリ悶えてしまいました。

「あう……んんん、はあぁぁ……」

「ふふ、オッパイが大きくなくたって、要は感度よ。かをりちゃん、いい感度してるわよ。ほら、もっともっと感じて」

利恵さんがそう言いながら、口では乳首を責めたまま、手を伸ばしてさわさわとおへそから下腹部にかけてを撫で回してきました。そしてその先っちょが時折アソコをかすって、その度に痺れるような快感が走り抜けるのです。

「あ、ああ……んあっ……はあぁ……」

「うふふ、ほんと、かわいいわぁ。私、舐めちゃおうっと」

今度は真澄さんがじわじわと顔を下のほうにずらしていって、口で私のアソコをとらえました。長い舌を別の生き物のようにヌメヌメと動かして、アソコの周縁部をなぞり、内側を奥のほうまでえぐってきます。そのうっとりするような気持ちよさに、私は天にも昇る心持ちになってしまいました。

「ああん……とっても気持ちいいですぅ……はふぅ……」

「さあ、だんだんわかってきたでしょ？　ほら、今度はあなたも自分で動いてちょうだい」

利恵さんにそう促され、私も身を起こして二人の肉体に臨みました。

利恵さんのオッパイを舐め、真澄さんのアソコをしゃぶり……そうしているうちに、どんどん自分の中の興奮が高まっていってしまいます。

「そうそう、上手よ、かをりちゃん……感じるわぁ……」

「ううん……ほんと、とても初めてとは思えないわぁ、ああ……」

利恵さんと真澄さんの反応がなんだかとても嬉しくて、一生懸命二人の性感を責め立てているうちに、自分の中のレズビアンのポテンシャルが目覚めてしまったのかもしれません。

いつしか私たち三人は、その身をくんずほぐれつ絡ませて、お互いの胸を、アソコを、アナルを……それはもう身体中のありとあらゆる性感帯を愛し合いました。電気をつけていない室内は、日暮れとともにだんだん暗くなっていき、妖しげな闇の中で淫らに絡み合う三つの女体は、えも言われぬなまめかしさでした。

そうこうするうち、真澄さんが三本のバイブレーターを持ち出してきて、私たちはそれを使って、お互いのアソコを責め合いました。

「ああん、あひぃ……ああん……」

「くふぅ……んッ、んああっ……」

「くひッ、あうッ、あひぃぃ……」

三者三様の淫らな喘ぎ声が室内を妖しく満たし、そのまま私たちはおよそ二時間に渡って、果てしなくイキまくったのです。

生まれて初めての快感体験でした。

それから、この３Ｐレズ交歓会は月に一～二回の頻度で行われるようになりました。

ひょっとして、３Ｐに飽きた時は、今度はまた新たなメンバーを巻き込んで４Ｐへとレベルアップするのでしょうか?

それはそれでいいかな、と思ってしまっている自分がちょっと怖いです（笑）。

■先生はもう怖いくらいに巨大に勃起したペニスを私のアソコに突き立てて……

十年の時を超えて大好きな先生と熱く深く交わって！

投稿者　貞松紗央里（仮名）／26歳／パート

私は某大手ファミレスチェーンでウェイトレスをしてるんだけど、この間、驚きの再会をしちゃいました。

なんと、高校時代に密かにつきあってた担任の先生（三十六歳）がお客としてやってきたんです。つれはいませんでした。

私は一目見た瞬間にわかったんだけど、先生は私のことがわからず（女って、変わっちゃいますもんね）、ちょっとカナシイ思いをしながらも、接客の際に思い切って声をかけました。

「ええっ、本当に紗央里なの？　全然わかんなかったよ。いや〜、ますますきれいになっちゃって……」

こんなことがさらりと言えちゃうのも、先生の魅力でした。

当時、先生は今の私と同じ二十六歳で、性欲満々だったのだろうけど、そこはやはり最後まで〝先生と生徒〟という壁を越えることができず、結局キス止まり……私が卒業し、つきあいは自然消滅してしまったんです。

「仕事、何時まで？　もしよかったら、このあと少しお茶でも飲もうよ」

大した用事もなかった私は、先生にそう誘われて二つ返事でＯＫしていました。

（それにしても、先生、全然変わってないなー。もう中年の領域に入ってるはずなのに、若々しいし太ってないし……）

正直、夫婦生活があまりうまくいってない私は、相変わらずかっこいい先生を見て、またたく間に、当時の想いが盛り上がってきてしまったんです。

一時間後仕事を上がり、私たちは先生の車で隣り町のコ○ダ珈琲に行きました。そこで軽食をとりながら話をしたんですが、その後先生も別の学校に異動になり、結婚し子供ができて……でも色々あって離婚。今はまた独身の身ということでした。

その他いろんなことを話してると本当に楽しくて、私はもっと先生といっしょにいたい！　と強く思ってしまいました。

どうやらその思いは先生も同じだったようで、言葉には出しませんでしたが『以心伝心』とでもいうのでしょうか、席を立った私たちは再び車に乗り込み、ごく自然にホテルへと向かったんです。

そう、果たせなかったあの頃の想いを成就させるために……。

チェックインし、部屋に入った私たちはドアを閉めるなり、抱き合い、キスを交わしました。最初は唇を吸い合っていただけなのが、だんだん気分が高揚していって、お互いの舌を絡ませて激しく貪り合い始めました。ジュルジュルと溢れ出た二人の唾液が混じり合って口からこぼれ、顎を伝い、喉元に滴って鎖骨の辺りを濡らしていきます。先生はまた、それを愛おしそうに舐め上げるんです。

「あん、先生……私、汗臭いから、シャワー浴びさせて……」

そう言ったんですが、先生ったら、

「いやだ。汗も体臭も何もかも、紗央里の全部を味わいたいんだ」

と言って、そのまま私をベッドに連れていってしまったんです。

そして私たちは絡み合ったまま、ベッドへと倒れ込みました。

「ああ、紗央里、紗央里……この時をどれだけ夢見たことか……！」

先生がやたら熱のこもった声でそう言いながら、服の上から私の身体をまさぐってきました。サマーセーターにカーディガンを羽織っただけの薄手の私の上半身は、あっという間に敏感にそれに反応し、身体中がカーッと熱くなってきてしまいました。

さらに先生の手はサマーセーターの内側に潜り込んで、ブラ越しにグイグイと乳房を揉みしだいてきます。先生の力でブラの生地が乳首と強く擦れてちょっと痛いんだけど、逆にその痛みがますます私の興奮を煽ってくるんです。

「ああ、紗央里……好きだ、好きだよ！」

先生の声もさらにテンションが上がり、息を激しく喘がせながら、今度はズイっとブラを上に押し上げて、私の胸がさらけ出されてしまいました。

「やだっ……恥ずかしい、先生……」

「うわ、白いふわふわの胸に、かわいいピンク色の乳首……きれいだ、きれいだよ！」

先生は感極まったように言うと、私の胸にふるいついてきました。

はむっと大きく乳房全体を口に含んで舐めしゃぶり、乳首をコリコリと摘まみながら、同時にレロレロと舌で弄んで……甘い電流がピリピリと身体を震わせます。

「あ、先生……感じちゃう、ああん……」

「ああ、紗央里……美味しい、美味しいよっ！」

次に先生は、私のパンツと下着を脱がせて、下半身を露わにしました。そして私の両脚を左右に開かせて、剝き出しになったアソコに鼻先を突きつけてきました。

「おや……もうこんなに濡れて……紗央里、なんてエッチなんだ……」

口元をニヤリとほころばせて先生にそう言われると、恥ずかしさとともに言いようのない昂ぶりがせり上がってきました。ズキン、ズキンと股間にもう一つ心臓があるかのように激しく疼き、ますますエッチな体液が溢れ出てしまうんです。

「うわ、またこんなに……！　もうジュクジュクだね」

先生はこれ以上はないくらい嬉しそうな声をあげ、ジュルジュルと私のアソコを啜り立て始めました。強弱をつけて吸引される度に、無意識に腰をよじらせて悶えてしまうんです。

「ああん、私も……私も先生のが舐めたい……」

もう居ても立ってもいられなくなってしまった私は、おもむろに身体を起こすと、先生のズボンのベルトをカチャカチャと外してひきずり下ろし、ブルンッと飛び出したペニスにとりすがりました。もうすっかりガチガチに硬く大きくなっています。その先端を咥え込み、鈴口の辺りを舌先でツンツンと刺激しながら、ジュッポジュッポと激しくしゃぶってあげました。上下に一往復する度に、ムクムクとさらに大きくなっていくようです。

「ああ、紗央里ぃ……いいよ、すごい気持ちいい……」

うっとりとした表情の先生を上目遣いに見やりながら、私はさらにタマタマのほうにも攻撃を加えました。袋全体を手のひらで包み込んで、モミモミ、コリコリと強弱をつけながら弄んであげるんです。

「ああっ、もうたまんないよ……くうぅッ……」

先生はそう一声あげると、荒々しく私を押し倒して、上にのしかかってきました。そしてもう怖いくらいに巨大に勃起したペニスを、私のアソコに突き立ててきたんです。とたんに、高圧電流のような衝撃が私の全身を駆け抜けました。先生は、私の両方の乳房を揉みしだきながら、さらにズンズンと腰を打ち付けてきます。

「ああっ、ああん……先生、あひぃぃ……」

「ああ、紗央里の中、ものすごく熱くて……チ○ポがとろけちゃいそうだ……」

「私も……私もこわれちゃいそう……！」

私たちの貪り合いはどんどん激しさを増し、ついにクライマックスが近づいてきました。

「ああん、先生、先生……私……もうっ……！」

「ううっ、紗央里……紗央里ぃ……！」

一際激しく大きく全身を震わせたあと、私は絶頂に達し、先生はドクドクと大量の白い体液を私の中に注ぎ込んでいました。

その後、またじっくりと愛し合ったあと、タバコをふかしながら先生が言いました。

「また会ってくれないかな」

「うーん、どうしようかな……」

結局、〝また〟はまだ実現していませんが、夫との仲が相変わらず改善されないようであれば、ひょっとして……ね？

■彼の口が私の股間に食らいつき、肉ビラを、お豆を、そしてお尻の穴をこれでもかと……

憧れの義理の兄と禁断の契りを結んだ熱くただれた夏の夜

投稿者 竹下潤（仮名）／29歳／専業主婦

あれはたったひと夏の過ち。

八月のある日、夫の兄である雄平さんがわが家に遊びに来ました。

私のささやかな手料理での酒宴が始まり、ちょうどその頃大きな仕事を終えたばかりの夫は気が緩んだのでしょう、いつにも増して酒量が進み、すっかり酔っ払ってそのまま壁にもたれて寝入ってしまいました。

その様子を見て、雄平さんはやさしい苦笑を浮かべて私のほうを見ました。

雄平さんももちろん既婚者ですが、夫より四つ年上のもう今年四十路ながら、その男性的魅力はまだまだ健在で、私は思わずドキッとしてしまいました。

実は、結婚した当初からずっと彼のことが気になっていたのです。

ああ、もし夫よりも先に雄平さんと出会っていたら……そんなせんないことを考えたことも一度や二度ではありません。

私は押し入れからタオルケットを出してきて、寝入った夫の体に覆いかけました。そして時計を見ると、もう十時を回っています。さすがに雄平さんももうそろそろ帰る頃だろう……私は一抹の寂しさを感じながら、酒席の後片付けを始めようとしました。するとその時、雄平さんがそっと私の手に触れてきたのです。

私は驚いて彼のほうを見返しました。

表情全体にはやさしい微笑みが浮かんでいましたが、その目はギラギラとした光を湛えて……明らかに欲望に輝いていました。

そして私の手をグイッと引っ張って、自分のほうに引き寄せたのです。

彼の胸の中に包み込まれ、私は、あの想いが一方通行ではなかったことを知り、喜びに胸を高鳴らせていました。

(雄平さんのほうも私と同じ気持ちだったんだ……！)

そう思うと、見る見る身体全体が熱く火照り、彼のことが欲しくて欲しくてたまらなくなってしまいました。

私は上目遣いに彼を見上げ、潤んだ視線を送りました。

すると彼はそれを受け止めるようにギュッと私を抱きしめて、熱い口づけをしてきました。貪るように私の唇を吸い、舌と舌を絡ませて口内を愛撫して……私はそのめくるめくような感覚にすっかりボーッとしてしまい、彼が服を脱がせてくるのにも、もうされるがままでした。

気がつくと、私はすっかり裸に剝かれていました。……いえ、靴下だけは履いてましたが、彼はあえてそれは脱がせようとはせず、自分も裸になって、あらためて私をひしと抱きしめてきてくれました。

素肌の密着を通して彼の熱い体温と激しい脈動が伝わってきて、私は身体の奥の中心の辺りがズキズキ疼いてしまいます。

彼は頭をかがめて、私の胸に唇を寄せてきました。

チュプ、と乳首を口に含んで、舌で転がすようにして愛撫してくれます。左右を交互にそうされて、自分でもどんどん尖ってくるのがわかります。快感のあまり、全身の血液が音を立てて乳首に流れ込んでいくような……。

せつない喘ぎを漏らしながら、ふと下のほうを窺うと、雄平さんの真ん中のところも激しく反応しているのがわかりました。隆々と見事に立ち上がり、大きく張り出した亀頭をピクピクと震わせながら、先端から透明な液体を滲み出させているのです。

それを見たとたん、私はもう愛おしくてたまらなくなってしまい、身をかがめて咥え込んでいました。一心不乱にしゃぶりながらそっと彼の身体を倒して、手を伸ばして乳首も愛撫してあげます。クリッとこねる度に口の中のモノもビクンと震え、ああ、感じてくれてるんだ、という思いを噛みしめ、私のほうもますます昂ぶってしまうのです。

すると、彼は私の体勢を変えさせて、二人はシックスナインの格好になりました。彼の口が私の股間に食らいつき、肉ビラを、お豆を、そしてお尻の穴をこれでもかと淫らに愛してくるのです。私の肉体はもうたまらず、ダラダラと体液を溢れ出させてそれに応え、グチャグチャ、ヌチュヌチュというあられもない音を発してしまいます。その恥ずかしさがまたなんとも言えず……。

私も負けずに彼のモノをしゃぶり立てていましたが、やにわに彼が身体を離して立ち上がりました。もう我慢の限界に来たのでしょう、そそり立ったモノを振り立てながら私の身体を後ろ向きにすると、バックから深く突き入れてきました。

ズプズプ……という音がまるで聞こえるかのような力感で奥深くを穿たれ、私は背をのけ反らせて悶えてしまいました。

私の腰は彼の手によってがっしりと力強くホールドされ、腰のピストンと呼吸を合わせてリズムよく前後に押し引きされるものだから、その挿入の深さと勢いはまた格別で、本当に夫とのセックスでは味わったことのない喜悦感でした。

そうすると、自然と私のアソコの収縮力もきつくなってしまうようで、私を穿つ彼の様子も変わり、押し寄せる射精感に苦しげに顔が歪んできました。

後ろを振り向いてそんな彼の表情を窺いながら、がぜん私の性感も頂点に向かって昇り詰めていき、恐ろしいほどのエクスタシーの波が押し寄せてきました。私は必死で腰を振り立てて自分自身を煽り、それがさらにまた彼の切迫度に拍車をかけ……そしてとうとう、最高のオーガズムを迎えていました。

事後、ドロドロと私のアソコから流れ出す雄平さんの体液を見ながら、私は絶頂の余韻にしばらく恍惚としていました。

夜中の十二時近く、彼は帰っていき、私はその後ろ姿を見送りながら、また再び愛し合えることを強く願ったのです。

第二章

興奮をほしがる人妻の告白

■私はヨガり喘ぎながら、それでも一生懸命にご主人様のオチ○ポをしゃぶり……

待ちに待ったマゾ快感の悦びに打ち震えたSM不倫エッチ

投稿者 井川百合香（仮名）／28歳／パート

私、実はどうしようもないマゾ女なんです。

でも、ガチガチにクソ真面目な公務員の夫は、エッチの嗜好もバカみたいにコンサバで、とてもじゃないけど『私をいじめてー』なんて言えません。

そんな時出会ったのが、私が勤めるスーパーに異動でやってきた社員のAさんだったんです。彼は、異動初日から一週間が過ぎた頃、控室で休憩中の私に向かって、こう声をかけてきたんです。

「井川さんてさぁ、そんなイケイケ風の美人なくせして、実はドMだよね？」

こんなふうに図星を突かれたのなんて、初めてでした。彼は、一週間に渡って私のことを観察し、接触しているうちに、そう確信したのだといいます。

Aさんは三十一歳の妻子持ちでしたが、私とは逆に自身はバリバリのサド体質なのに、奥さんはいたってノーマルということで、欲求を満たせないジレンマを抱えていました。密かにプレイ相手を探していたんです。

「ねえ、よかったら僕と楽しまない？　真正のSとM同士さ」

正直、Aさんは背も低くてちょっと小太り、しかも早くも髪の毛が薄くなってきているという、あまりイケてない外見で、それまで私は全然興味がなかったんですが、がぜん食いついてしまいました。

こんなイケてない男にいたぶられる、イケてる私……という構図に、逆にいたく興奮を煽られてしまったんです。

話はすぐにまとまりました。

お互いの非番の日程を合わせて、翌週の火曜日の昼下がり、慎重を期して隣り駅まで電車で行き、そこにAさんに車で迎えに来てもらってからホテルへと向かいました。

シャワーを浴びてさっぱりした私に、Aさんが言いました。

「さあ、ここからあとは僕がご主人様で、井川さんが奴隷だよ。本気でいこうね」

「はい……」

もちろん、望むところです。

私は生まれて初めてちゃんとした（？）Sの人にいたぶってもらえることになり、興奮と期待でもうワクワクドキドキ状態でした。

Ａさんはまず、全裸の私の両手を後ろ手に縛り自由を奪い、目隠しをして視覚を奪ってきました。

「さあ、おまえは牝犬だ。這いつくばって口だけでご主人様に奉仕するんだ。ほら、わかったか？」

「はい、ご主人様……」

「まず、その舌で俺の体中をきれいにしてもらおうか。さあ、さっさとやれ！」

私は命じられるまま、必死でご奉仕に励みました。

ベッドに寝そべったご主人様の全身を、舌を使って隅から隅まで舐め清めるんです。まずは顔周りから。キスしようとしたら「そこはまだダメだ」って怒られたんで、耳からうなじ、そして喉仏のところをペロペロと舐めました。特に耳からうなじの辺りが感じたらしく、ビクって反応するのがわかりました。

それからだんだんと下のほうへ下りていって、左右の腕をさんざん舐めたあと、じっくりと腋の下を……窪みに舌を差し込んで強めにほじくりました。

「んん……ッ……ん……おお、いいぞ、そのかんじ……」

ご主人様に褒められたので、私、ちょっと調子に乗って、乳首を強めに噛んじゃいました。そしたら、

「痛ッ……何やってるんだ、この牝犬！　もっと神経を使え！」

と怒鳴られ、乳首をキュウッとつねられてしまいました。

「あっ、つう……申し訳ありません、ご主人様ぁ……」

私は襲い来る乳首の疼痛にゾクゾクしながら、まごころを込めてご主人様の乳首を舐め回しました。歯を立てるのはやめて、強めに吸い立てることにしました。

「おお……そうそう、そのかんじ……」

ご主人様の乳首がピクピクと震え、私は引き続きさんざんねぶったあと、今度はおへそから下腹へと顔を移動させていきました。

と、私のおでこにゴツンと当たるものが……そう、カチンカチンに勃起したご主人様のオチ○ポです。

「ああ、これ、これが欲しいですぅ……しゃぶってもいいですかぁ？」

私はもう辛抱たまらずそうおねだりしましたが、ご主人様ったら、

「ダメだ！　まだおあずけだ。もっともっと奉仕しないと、ソレにはありつけないぞ」

とダメ出し。しかも、後ろ手に縛られた私の両手を上に引き上げるもんだから、その激痛も同時にやってきて……ああ、この苦痛がまたたまりません！

「は、はい、すみません……ご主人様ぁ……」

私は泣く泣くオチ○ポを飛び越して、ご主人様の脚部分を舐め始めました。太腿から膝、すね、足の甲、そして足指の一本一本まで……。

「うう……よし、さあ、今度はコウモン様だ。奥まできれいにするんだぞ」

ご主人様はそう言って四つん這いになったようで、私の鼻先にアナルが突きつけられました。あ、言い忘れましたがご主人様はシャワーを浴びていないので、ナチュラルな香りが私の鼻腔を襲うんです。そのけっしていいとは言えない香りが、ますます私の興奮を煽ってしまって……すみません、変態で。

私はご主人様のアナル周りをベチャベチャにヨダレまみれにしながら、舌をすぼめて奥にねじ込んでいきました。そして中でグリグリと蠢かすんです。

「あう……ふうぅ、くはぁ……」

ご主人様のなんとも言えない喘ぎ声が漏れ聞こえ、私の舌動にもがぜん力が入ってしまいます。

「ああっ、もうダメだ……よし、おまえの欲しがってたモノを味わわせてやるぞ」

ご主人様はそう言うと、私の身体を持ち上げて動かしてきました。ご主人様の身体の上にまたがらされ、シックスナインの格好にさせられたようです。

もちろん、相変わらず両手は後ろ手に縛られたままなので、かなりつらい体勢のまま、首と顎を動かして舐めるしかありません。

オチ○ポのサオ部分を何度も何度も舐め上げ、亀頭の笠部分の縁のところに舌を這わせて、さらに亀頭全体を口に含んでクチュクチュと弄んで……。

「ううッ……いいぞ……よし、ご褒美におまえの汚いマ○コをいたぶってやろう」

ご主人様は声に喜悦を滲ませながらそう言うと、突き出した私のオマ○コに指をねじ入れてきました。当然もうすっかり濡れているわけですが、それでもご主人様の掻きむしるようなきつい指の責めは苦痛を呼び、それが……気持ちいいんです！

「あひッ……はふっ、んはあぁ……んぷ……」

私はヨガリ喘ぎながら、それでも一生懸命にご主人様のオチ○ポをしゃぶり、ご奉仕に努めました。先端からガマン汁が出てきたようで、ちょっと苦い味わいが私の味覚を喜ばせました。

「ううっ……よし、さあ、最後の仕上げだ！」

ご主人様はそう言って、ガバッと身体を抜きました。自然と私は後ろ手に縛られたまま、お尻を突き出して顔を下につける格好になったわけですが、そこへズブリとバックから太くて硬いモノが突き入れられてきたんです。そう……ありがたい、ありがたいご主人様のオチ○ポが！

「ああん、あふぅ……すごい、ご主人様ぁ……」

「ハアハア……どうだ、いいか？　おまえの腐れマ○コをこれでグチャグチャにかき回してやるぞ」

「はい……奥の奥まで……グチャグチャに掻き回してくださいぃぃ……」

ご主人様は私の腰をがっしりと摑み、まさに私の身体をぶち壊さんばかりに激しく強烈に昂ぶりを打ち付けてきました。

「あふぅ……んはあぁぁ、あううぅっ……」

「ううっ……さあ、ありがたいお神酒を受け止める準備はいいか？　いくぞ、ほら、おまえの中にぶちまけるぞ！」

「はい、お願いしますぅ……思いきりぶちまけてくださいぃ……あああぁっ！」

ひときわその動きが速く激しくなった直後、私のアソコの中に熱いほとばしりが炸裂したのがわかりました。絶頂感の中、私はその淫らな温もりを腰をひくつかせながら、味わっていました。

そして最後に、ようやくキスすることを許され、余韻に浸ることができたんです。

■旬くんが私のアソコにペニスを突き入れ、蒼太くんは私の口にねじ込み……

初めての浮気体験はイケメン二人との掟破り3Pセックス

投稿者 坂上愛（仮名）／33歳／OL

その日私は勤め帰り、なかばやけっぱちな気持ちで夜の街をぶらついていたんです。友人の目撃によって夫の浮気が発覚して……それまでずっと信じていただけに、その裏切り行為にそれはもうものすごいショックを受けてしまって。

それまで私は、一度たりとも浮気などしたことがありませんでしたが、先に裏切った夫への仕返しに、（もし今日、誰かに誘われたらついていっちゃうかも）くらいの意気込みでいました。でも、根が真面目なものですから、いざとなったらきっと尻込みしてしまうんだろうなあ……なんて矛盾した心持ちでもありました。

すると、そこへ二人組の男性が近づいて声をかけてきたんです。

「ねえ、お姉さん一人？　よかったら僕らと一緒に飲まない？」

二人はともに大学生くらいで、一人は小○旬ふう、もう一人は福○蒼太ふうといったかんじで、そろってなかなかのイケメンでした。

現金なもので、相手がイイと、さっきまでの消極的な自己分析などどこへやら、イケメン二人に誘われて、私は、

「ええ、まあ……少しだけなら……」

と、かなりいい気分で、ちょっといい女を気取って答えてしまっていたんです。

それから二人の馴染みの店だという、けっこうお洒落で落ち着いたバーに行き、夫には望めない若い感性に溢れた会話を楽しみながら、グイグイ杯が進んでしまいました。私はここ最近にはなかったすごくいい気分になってしまって……。

「けっこう酔っちゃったみたいですね。ちょっと休んでいきましょうか」

旬くんの甘く囁くような言葉に私はなんの抵抗もなく頷き、気がつくとホテルの一室らしき部屋のベッドの上にいたんです。

「服がきつそうですね。楽にしましょうね」

蒼太くんがやさしくそう言いながら、私の服を脱がせ始めました。

「え、あの、ちょっと……」

さすがの私も思わず抵抗を示したんですが、

「いいから、いいから……任しといてください」

と、蒼太くんはわけのわからないことを言いながら、意に介さずどんどん私を剝い

ていってしまい、あっという間に全裸にされてしまったんです。

「わあ、お姉さん、着やせするタイプだったんですね。裸になるとこんなにナイスバディだったなんて……たまんないなあ」

旬くんにそんなふうに言われて、正直、悪い気はしませんでした。元々カラダには ちょっと自信があったんですが、夫はそれを声に出してくれるような人ではなく、改めて男性に褒められると、こんなに嬉しいものだったなんて……。

「あ、お姉さんだけ裸なんて不公平ですよね？　おい、俺たちも脱ごうぜ」

蒼太くんの呼びかけに旬くんも応え、二人は服を脱ぎ出しました。

二人ともいわゆる細マッチョタイプで、無駄のない体型にしなやかな筋肉が、若い魅力を発散させています。私は思わず見とれてしまいました。

(夫もまだそんなにたるんでないけど、彼らに比べると月とスッポンね)

そんなふうに思っている私に、全裸のイケメン二人が近づいてきました。私を左右から挟むようにして寄り添ってきます。

「お姉さん、とっても素敵だ……」

「ほんと、大人の魅力ぷんぷんですね」

二人はそう甘く囁きながら、左右から私に口づけしてきました。

旬くんが私の唇をふさぎクチュクチュと舌を絡ませ、蒼太くんは耳朶から首筋にかけてペロペロと舐めしゃぶってきます。

「ん……んんっ……ふあっ……」

快感のステレオ攻撃に、私の身体をピリピリと甘い痺れが走りました。

すると同時に、今度は二人の手が左右それぞれのオッパイを愛撫し始めました。

かたやワイルドに揉みしだくように、かたやソフトに撫で回すように……二人それぞれ個性的な攻め方で、その立体的な気持ちよさは初めての感覚でした。

「ああん、はあぁ……んくぅ……」

「ああ、お姉さんのここ、なんだか痛そうなくらい固くなっちゃってるよ」

蒼太くんが勃起した私の乳首をコリコリとしこりながら、意地悪くそう言いました。

「やあん、言わないでぇ……」

私は快感と羞恥に身をよじらせながら、そう訴えていましたが、二人はますます調子に乗ったように、

「ほんと、見た目以上にドスケベなんだね、お姉さんたら」

「そうそう、ほら、こっちだってもうグッチャグチャじゃないか！」

と、口々に卑猥な言葉で私を責めながら、とうとうアソコにも指を忍び込ませてき

たんです。

「いやあっ、あ……あん、あうう……」

左右から引っ張り拡げられるように、二人にアソコをいじくられ、私はもうどうしようもなく感じてしまっていました。

「ああん、そんなにしたら私の裂けちゃうぅ！　ああん……」

「大丈夫、大丈夫！　お姉さんみたいなスケベマ○コ、これくらいで裂けちゃうようなヤワじゃないよ。ほらっ！」

より深く指が突き入れられ、掻き回されました。ものすごい快感です。

「ああ、もうガマンできないや……俺、入れさせてもらうから。おまえは口でやってもらえよ」

「ええっ、おまえが先かよ？　まあいいか……お姉さん、頼むね」

なんだか勝手に二人の間で割振りが決まり、旬くんが私のアソコにペニスを突き入れ、蒼太くんは私の口にねじ込み、フェラを要求してきました。

「ううっ……熱くて締まるぅ……最高のオマ○コだあ！」

「ああっ、お姉さんの口の中も気持ちいい……クチマ○コ最高！」

「うぐぅ……んっ、んっ、んっ……んくふぅ……」

二人のイケメンから上下の口を慰みものにされ、でもその嗜虐感がまた、えも言われぬ興奮を呼ぶのです。

旬くんのピストンが徐々にスピードを増してきました。腰に打ちつける勢いもがぜん激しく強くなっています。そして、私の口にペニスを出し入れする蒼太くんの動きも……。

「ああっ、イク……お姉さん、イクよおっ！」

「ああ、俺も……俺も出るぅ……」

次の瞬間、私の上下の口で一気にザーメンが炸裂しました。

白くベットリと汚された私もまた、深いエクスタシーを味わっていました。

その後、今度は旬くんと蒼太くんが上下を交替し、続けて二回戦目を楽しんで……

初めての浮気体験を、まさかの3Pセックスで飾った私なのでした。

機会があったら、またぜひ体験したいものです。

■私のカラダはご主人の肉棒が注ぎ込んでくる快感のインパクトに翻弄され……

家政婦先のご主人に熱く淫らな想いの丈を叩きつけられて

投稿者　青山雅美（仮名）／29歳／家政婦

昔から料理等の家事が好きで、短大の家政科を出たこともあって、夫が勤めでいない昼間の空いている時間を有効利用しようと、家政婦として働いています。

ほとんどが依頼主の家で家人がいない間に掃除や洗濯、料理の作り置きをしておくという仕事の仕方なのですが、たまにそうではない時もあって……この間、こんなことがありました。

そこはご夫婦共稼ぎの家なのですが、ご主人が病気治療を終えて退院し、自宅であとしばらく療養が必要という時に、運悪く奥様のほうがどうしても外せない一週間の海外出張に出なければならなくなってしまったのです。

病気自体は治ったとはいえ、ご主人はとても家事などこなせる状態ではなく、奥様のいない一週間の間、朝九時から夜八時まで私が通いで身の回りのお世話をすることになりました。

ご主人はまだ三十五歳と若く、さすがにトイレは自分一人で行って済ませられるものの、他のほとんどのことを私任せにしなければならないことを盛んに申し訳ながり、大変感じよく、やさしく接してくださりました。

そして私が通い始めて六日目、いよいよ明日奥様が出張から戻ってきて、私のお勤めも終わりという日になりました。

「明日でお別れなんて本当に名残惜しいです。青山さんは料理は上手だし、掃除はもちろん、洗濯ものもすごく心地よくふんわり仕上げてくれて、最高の家政婦さんでしたから。あと……」

ご主人はそう言うと、なぜか恥ずかしそうに言葉を濁してしまいました。私が怪訝そうな表情で見返すと、

「あと、なんといってもキレイだし……はは、こんなこと言うと、今どきセクハラになっちゃいますね」

思わぬ一言に、私はドギマギしてしまいました。……いえ、『思わぬ』というとウソになってしまいますね。これまで、ご主人の言動の端々に、私に対する一方ならぬ好意が感じられたのは否定できません。

「うふふ、セクハラなんていうのは、言ったほうの人によるものですよ。私、ご主人

に言われるなら、すごく……嬉しいです」

半分営業トーク、でももう半分は限りなくホンネで、私はそう応えました。

「ありがとう。じゃあちょっとこっちに来てもらえませんか？　家政婦事務所への支払いとは別に、青山さんには特別に僕の気持ちを渡したいから」

「え、そんなわけにはいきません、規則違反ですから」

「まあまあ、そんな堅いこと言わないで。黙ってればバレやしませんよ」

正直、家計は決して楽とはいえず、ホンネをいえば喉から手が出るほど、それは魅力的な申し出でした。だから、私もついつい……。

「ありがとうございます。でも、本当に秘密にしてくださいね？」

「もちろんですよ。さあ、これを」

ベッドの上から、ご主人は封筒を差し出してきました。それはけっこう分厚く、私はゴクリと生唾を飲み込んで、ベッド脇に歩み寄って封筒を受け取ろうと手を伸ばしたのです。すると、その時……！

私の手はグイッと引っ張られ、私はドサッとご主人のベッドの上に倒れ伏してしまったのです。

「あ……ご、ご主人、いったい何を……⁉」

「許してください！　ずっと、ずっとこうしたかったんです！　僕、青山さんのことが好きなんです……」

それはとても病み上がりの人とは思えない力強さで、ご主人にくみしだかれた私は身動きすることができませんでした。

「はあ、はあ……青山さん、青山さんッ……！」

私は万歳するような格好で頭の上で両手を押さえつけられ、無防備になった胸元にご主人が鼻面を突っ込んできました。ブラウスの上のほうのボタンが弾け飛び、はだけられたバスト部分に熱い唇が押しつけられます。

「あん、いやっ……ご主人、だめですっ……ああっ」

「青山さん、青山さんっ……」

私の申し訳程度の抵抗など聞く耳持たず、ご主人はさらに強く鼻面を動かして私のブラジャーを上に押しずらし上げてしまいました。

「……あっ！」

プルンと露わになってしまった乳房と乳首に、ご主人がむしゃぶりついてきました。しゃぶしゃぶと全体を舐め回し、ちゅうちゅう、カリッと、乳首を吸い、甘嚙みしてきます。

「ひああっ……あふぅ……！」

「ああ、青山さんのオッパイ、すごく美味しい……はむッ……」

　ご主人の胸への愛撫はそれはもう熱く激しく、絶え間なく責められているうちに、私はその陶酔感に頭がボーっとしてきてしまいました。

「ああ、青山さんッ……ハア、ハア……」

　私の様子にもう抵抗することはないと判断したのか、ご主人は頭上で押さえていた私の両手を放して、下のほうへと顔をずらしていきました。そして、私のスカートをたくし上げてストッキングとパンティを脱がしてしまうと、剝き出しになった秘裂に鼻先を埋めてきたのです。

　とたんに、ピチャ、グチュッ……と、はしたない音が響きました。

「ああ、青山さんもこんなに濡れてる！　感じてくれてたんだね？　嬉しいよ……ああ、青山さん、青山さんッ……！」

　ますますご主人のテンションは上がり、顔を左右に激しく振り立てながら私の秘裂の内側を舐め回してきます。

「ああん、はふぅ……あああっ……」

　股間から言いようのない快感がせり上がってきて、私はもうたまらず歓喜の喘ぎ声をあげてしまいました。

「ああ、青山さん……青山さんの献身的な働きのおかげで、こんなに元気になりましたッ！　僕のお礼の気持ち、受け止めてくださいっ！」

ご主人はそう叫ぶと、慌ただしくパジャマのズボンを下ろして、いきり立った肉棒を私の濡れそぼった秘裂にインサートしてきました。それはたくましくて、力強くて……さっきの言葉どおり、その素晴らしい回復具合を私の肉体を通して痛感させるものでした。

ズンズンと突き上げ、ズブズブと掘り穿ち……私のカラダはご主人の肉棒が注ぎ込んでくる快感のインパクトに翻弄され、見る見るクライマックスへと押しやられていきました。

「ああっ、イク……もう、イキ……ます……っ！」

「ああ、青山さぁん……ああっ！」

ご主人の激しい放出とともに、私もイキ果てていました。

「ごめんね。ブラウスもダメにしちゃったお詫びに、色付けといたからね」

あらためてご主人から渡された封筒には、なんと十三万円が入っていました。

ホント、気持ちよくてリッチなラッキー体験でした。

■ヌルヌルとした泡にまみれ、お互いの乳首がくっつき絡み合い、ほとばしる甘い電流……

十代の甥っこの若き肉体を貪った禁断のバスルーム体験

投稿者　渡辺聡美（仮名）／40歳／専業主婦

去年の夏、四日間だけ夫の甥っこの翔太くん（十九歳）を家に泊めて、面倒を見てあげたことがありました。もちろん、内緒の面倒も……。

翔太くんは大学二年生で一人暮らしをしているのですが、住んでいるアパートで火事が出て、その修繕作業の間だけ、一番近いうちにおいてあげたんです。

正直、私はときめき状態……翔太くんは長身でけっこうイケメンの部類なんですが、シャイな性格ゆえに彼女もいないようで、その奥手な感じがまた母性本能をくすぐるんです。ついつい彼の動向が気になって仕方ありませんでした。

そんな、彼が来て二日目、その日は授業が午後からだと聞いていたので、十時を過ぎてもまだ寝ている彼をおいて私はスーパーに買い物に出かけました。彼に何か美味しいお昼を作ってあげようと。

そして十一時過ぎに戻ってきた私は、まだ寝ているかもしれない彼を起こさないようにと、極力音を立てないで二階の彼の居室に向かいました。すると、少し開いた部屋のドアの隙間から、何やら変な声が……。

「はあ、はあ……ああ、聡美さん……ううっ……」

せつない喘ぎのような翔太くんの声……しかも私の名を呼んでいます。

（え、これってもしや……？）

私はドキドキするような予感を覚え、隙間から中を覗きました。

すると案の定、翔太くんは敷かれた布団の上に横たわって、下半身丸出しで股間のモノをしごいていたんです。それは細身の身体からは想像もつかない太くたくましい一物で、彼がしごく度にいやらしい汁を滲み出させてヒクヒクと震えていました。

「あう……んんっ……聡美さん、ああ……」

（ひょっとして私をオカズにオナニーしてくれてるの？）

私は子供を産んでいないので、他の同年代の主婦と比べると身体も崩れておらず、そこそこボディには自信があったんですが、まさか、翔太くんのオカズに値するとは思ってもおらず、驚きと喜びとともに熱いものが身中に湧き出してきました。

私もその場で立ったまま、スカートの中に手を突っ込んで自分のアソコをいじくっていました。私をオカズにオナニーしている翔太くんの姿を見ながらオナニーする私……えも言われぬ歪んだ興奮にとても感じてしまい、勢いよくザーメンを噴き出す翔太くんの様子を見ながら、私はすぐにイッてしまいました。声を出さないようにするのが、それはもう大変でした。

その夜夫から、残業で今晩は帰れないという連絡がありました。

昼間の淫らな余韻を引きずる私は、どうしようもなく昂ぶる自分を抑えることができませんでした。

「すみません、お先にシャワーさせていただきます」

「はーい、どうぞ」

浴室で翔太くんがシャワーを浴びる音を聞きながら、私はこっそりと裸になりました。そして、そっと扉を開けて中を覗くと、彼はこちらに背中を見せて汗を流しているところで、私はスルリと中に滑り込むと、背後から彼に抱きつきました。

「わっ、ちょっ……何してるんですか、あ、聡美さん……！」

「いいのよ、何も言わないで。私、全部わかってるんだから……ね？」

私はそう言って、手を彼の股間に滑らせました。

ちょっと軽くさすってあげただけで、あっという間にソレは勃起してしまい、私はあらためて自信を深めていました。

「いい？　これは私と翔太くんだけのヒ・ミ・ツ……わかった？」

精いっぱい艶を含ませた声でそう言うと、翔太くんは、

「あの、本当にいいんですか？　ああ、聡美さんとこんな……夢みたいだ！」

と、やたら嬉しいことを言ってくれました。

「ふふ、さあ、二人でいっぱい、いっぱい気持ちよくなろうね」

私はそう言うと、ボディシャンプーをたっぷり手にとり盛大に泡立てると、お互いの身体に塗りたくりました。そして彼を浴槽の縁に座らせ、その胸に自分の乳房を密着させせました。

ヌルヌルとした泡にまみれ、お互いの乳首がくっつき絡み合い、ほとばしる甘い電流を感じながら、私はさらに激しく上体をくねらせました。Gカップの乳房がグニャリとひしゃげ、双方勃起した乳首が触れ合う度に、より強烈な快感電流が全身を貫きました。

「あああん、翔太くぅん……」

「あくっ……さ、聡美さんっ……」

私は彼のギンギンに硬くなったモノを摑み、ニュルニュルとしごき立てました。泡のぬめりと彼の先走り液の粘性とがあいまって、血管の浮き出たサオを、くびれた亀

頭の笠の敏感な縁を、ヌチュヌチュ、ズリュズリュと激しくも滑らかに責め立て、それはますますたくましく昂ぶっていくようです。

「ああ……聡美さん、す、すごい……き、きもちいいですぅ……」

「ふふ、ねえ、翔太くんも私の……可愛がってぇ」

私はモノをしごく手を休めないまま、彼の手をとって自分の股間に挟み込むと、それを前後に動かしてくれるよう要求しました。彼は言われたとおりに、ひじから先を激しく動かして私のクリトリスを、ヴァギナをチュクチュクと刺激してくれました。

「ああ、キモチいい……翔太くんの腕、ゴツゴツしてて、すごく感じるぅ……」

私は腰をくねらせてヨガり、同時にますます激しく彼のモノをしごいてしまいます。

「ああっ、聡美さん……僕もう……！」

「あ、まだダメよ！」

私は慌ててシャワーで彼の股間の泡を洗い流すと、身をかがめてモノを咥え込みました。そして、あらためて口唇で責め立てました。

「ああ、聡美さん……ううっく……」

「はう……ねえ、お口に……私のお口にちょうだいっ！」

「は、はい……あっ、イ、イク……ッ！」

さすが若さ、昼間、オナニーであんなにたっぷり出したのに、それに勝るとも劣らない量のザーメンが私の口の中に炸裂し、私はゴクゴクとそれを飲み下していました。

「ああ、聡美さん……すごく、よかったです……」

「何言ってるの、本番はこれからよ！」

それから私たちはベッドルームに場所を移し、今度はしっかりと本番セックスを楽しみました。さすがに翔太くんの勢いは落ちたけど、私はじっくりと彼の童貞を味わうことができました。

誰にも言えない、ひと夏の禁断体験の思い出です。

■Hさんの全身が一瞬大きく震えたかと思うと、私の胎内にドクドクと熱いモノが溢れ……

万引き現場を見られた口止めに肉体関係を要求されて！

投稿者　伊藤真由美（仮名）／26歳／専業主婦

ある日、町内会長のHさん（六十一歳）が、いきなりうちに訪ねてきました。

町内会費の集金やその他連絡等はたいてい副会長さんがやっているので、今まで会長さんが直々にやってくるようなことはなく、私は怪訝な思いで出迎えました。

すると、用件は思いもよらぬことでした。

「奥さん、昨日、○○スーパーで万引きしたよね？　あ、しらばっくれてもダメだよ。ちゃんと現場は押さえてあるんだ」

Hさんはそう言うとスマホを取り出し、その画面に私が万引きしている様子を映し出しました。まさか、現場を撮影されていたとは……私は血の気が引く思いでした。

「いや何、警察に突き出そうなんて野暮なことは考えちゃいないよ。奥さんさえその気ならね……」

〝その気〟って……？　私は一瞬きょとんとしてしまいましたが、Hさんのじっとりと絡みつくような視線を見て、ようやく察しました。

口止めに私との関係を要求しているのです。

そもそも、夫との仲がうまくいっていない抑鬱が、万引きという形で発散されてしまっていたのですが、こんなことがバレて稼ぎのいい夫に離婚されるなんてことになったら、それこそ本末転倒です。私はひたすら後悔しました。

そして、腹をくくったのです。

Hさんの言うとおりにしよう、と。

Hさんは私の承服の返答を聞くと、嬉しそうにニンマリと笑い、私に夫婦の寝室へと案内させました。

そして私をベッドの縁に腰かけさせると、横に座ってベロベロと首筋を舐めながら、私のカラダを掻き抱いてきたのです。

私が、さっきまで家の掃除をしてて汗くさいから……と、まずシャワーを浴びることを要求すると、Hさんは、

「その汗くさいのがいいんだよ。ムワッとした牝の匂いがたまらないんだ……」

と、まったく意に介さず、私の服をむしり取っていきました。

トレーナーが頭から脱がされ、ブラジャーが外されます。ジーンズとパンティも脱

がされ、とうとう全裸にされてしまいました。

「おほう……さすが若妻、まだお肌がピチピチではちきれんばかりだ。オッパイも柔らかそうで……どれどれ」

　Hさんは舌なめずりしながらそう言うと、私にのしかかって胸を揉みしだきながら乳首を舐め回してきました。長くて分厚い舌に絡みつかれ、コロコロと転がされ、嫌がる気持ちとは裏腹にジンジンと快感が忍び寄ってきました。夫との仲がうまくいっていないとさっき言ったとおり、実はもう半年ほども夫婦関係がご無沙汰で、私の肉体はセックスに対してかなりの飢餓状態にあったのです。

「お〜お、こんなに乳首を尖らせて……相当飢えてたんだね。かわいそうに、私がたっぷりと可愛がってあげるからね」

　Hさんの興奮度はますます上がり、息せき切って自らの服を脱ぎ去りました。そして私は次に現れた光景に息を呑むことになったのです。

　Hさんの股間から突き出したペニスの大きくたくましいことといったら……！　夫の倍近くはあるのではないでしょうか。しかもテカテカと色艶もよく、淫らなエネルギーに満ち溢れています。

「ふふ、どうだい、私のモノ、大したもんだろ？　これでもけっこうたくさんの女を泣かしてきたんだよ。まあ、うちのヤツはすっかりくたびれちゃって、もう相手にはなんないけど……本当に奥さんが久しぶりの相手なんだ。ほら、舐めてみるかい？」

私はそう促され、思わず手に取って舌を這わせていました。味わうように舐めているうちに、すっかり熱が入ってしまって……いつの間にか激しく首を振り立ててしゃぶっていました。

「おほぉ……激しいねえ、奥さん。そんなにされたら、さすがの私もたまんないよ。どれ、奥さんのも味わわせておくれよ」

私たちは二人もつれ合うように横たわり、シックスナインの体勢でお互いの性器を口で愛撫し合いました。例の長く分厚い舌にアソコの内部を隅々まで舐め回され、私の性感もぎりぎりまで昂ぶってきてしまいました。

「さて、そろそろお待ちかねの合体といこうか。準備は……もちろんいいよね？」

Hさんの問いかけに私はコクコクと頷き、両脚を大きく開いて彼のたくましいモノを迎え入れていました。その瞬間、恐ろしいほどの圧迫感が私の中に充満し、次いで凄まじい勢いで律動を開始しました。

「うくう……奥さんの中、狭いねぇ……私のをキュウキュウ食い絞めてくるよ。ああ、これはたまらんなぁ……」

Hさんは感極まったような声でそう絞り出し、汗だくになりながら腰を激しく打ちつけてきます。そのひと打ち、ひと打ち毎に快感のバイブレーションが私の全身を揺さぶり、身体の中心から悦びの脈動が突き上げてきます。

「ああ、あうう、くる、くるぞ……んああっ……もうダメだ……奥さん、中に出していいかい？」

追いつめられたHさんの問いかけに、私は何度も頷いて答え、Hさんのお尻を両脚で力の限り締めつけていました。

「んあああっ……んくぅ……んはッ！」

Hさんの全身が一瞬大きく震えたかと思うと、私の胎内にドクドクと熱いモノが溢れ、それを受け止めながら、私も同時に絶頂に達していました。

「奥さん、とってもよかったよ。約束どおり、万引きのことは誰にも言わないからね」

Hさんはそう言って帰っていきましたが、正直、口止めとは関係なく、またセックスしてほしい……そう思ってしまっている私がいたのです。

■私はEさん夫婦に挟まれる格好になり、孝さんにキスされながら、麗香さんに胸を……

突然の夫婦交歓セックスでマンネリH打破にチャレンジ!

投稿者 緑川泰葉(仮名)/30歳/専業主婦

「実は知り合いの夫婦と、食事会をしようということになって……君ももちろん参加してくれるよね?」

突然、夫にそう話を持ちかけられ、私はとまどってしまった。

今まで、そんなことは一度もなかったから。

でも、断られたら非常に困るという雰囲気が濃厚だったので、仕方なく了承した。

当日、私たち夫婦と、Eさん夫婦(ご主人は孝さん、奥さんは麗香さんといった)はホテルのラウンジで待ち合わせをし、その地下にあるフレンチレストランで食事会が催された。

料理もお酒もとても美味しく、私はそれなりの満足感を抱きながら、いい時間になってきたのでそろそろお開きかな、と思っていた。ところが、

「じゃあ、このあとは上のホテルのパーティールームで飲み直しといきましょう」

と、夫が言い出し、Eさん夫婦もあっさりと同意。実は夫はあまりお酒は飲まないほうなので、かなり意外に思いながらも、その場の雰囲気で私も同意しないわけにはいかなかった。

ホテルの最上階にあるパーティールームは、もちろん宿泊もできるけど、通常の客室よりもかなり広く、きらびやかで豪勢なものだった。

「それじゃ、あらためてカンパーイ！」

夫の音頭で再び宴が始まったものの、ほどなくして孝さんがこう言った。

「ねえ、なんでもこの部屋には広いジャグジーがあるらしいですよ。お酒はもうこのくらいにして、みんなでそっちを楽しみませんか？」

「ああ、それはいいですね。そんな豪勢なジャグジー、そうそう体験できませんからね。な、いいよな、泰葉？」

と、夫まで同調し、麗香さんもまんざらでもないというかんじだったので、私も合わせざるを得なかった。

（初対面の人の前で裸はちょっと恥ずかしいけど……ま、温泉だと思えば仕方ないか）

私はそう思って、自分を納得させるしかなかった。

でも、いきなり全員そろって全裸でというわけにもいかず、夫婦一組ずつ順番に入ることになった。先発はEさん夫婦だった。

彼らが先入りして五分後、もういいだろうということで、私と夫も服を脱いでジャグジールームに入ったのだけど、そこで私は思わぬ光景を目にすることになった。

なんと湯船の中で、孝さんと麗香さんが抱き合い、キスを交わしていたのだ。

「えっ、ちょっと、何してるんですか……⁉」

私はもう驚いてしまって、思わずそう口走ってしまったのだけど、夫はいたって平気な顔をしていて、私はさらにとまどってしまった。

「ちょっとあなた、これはいったい……？」

私がそう言って詰め寄ると、夫は思いもしないことを口にした。

「実は黙ってたけど、今日の本当の目的は、Eさん夫婦とのスワッピングだったんだ。ほら、おまえ、前からエッチに変化が欲しいってこぼしてただろ？　でも最初からそう言うとビビるかもしれないと思って、今まで秘密にしてたんだ」

衝撃の展開だった。

そりゃあ確かに『マンネリHはもうイヤだ』って私が言ったのは本当だけど、いきなりこんな人様を巻き込んでだなんて……混乱し、とまどう私に向かって湯船の中から麗香さんが手を差し出してきて、こう言った。

「さあ、泰葉さん、ここまできたら思いきり楽しみましょうよ。うちの人のテクニックもけっこうイケてるわよ。妻の私が言うんだから大丈夫！」

「そうそう、がんばらせてもらうよ」

孝さんも明るくそう同調し手を差し出し、私は二人に手を引っ張られてジャグジー内に身を沈めることになった。

私は左右からEさん夫婦に挟まれる格好になり、孝さんにキスされながら、麗香さんに胸を揉まれた。ニュルニュルと口内を孝さんの舌にまさぐられ、乳房をヤワヤワと愛撫され……身体全体を心地よく叩く細かい泡の奔流の熱感もあって、私の頭の中は朦朧としてきてしまった。

「うああっ……あふぅ……」

「うふふ、泰葉さんのオッパイ、とっても柔らかくて、いい揉み心地……ほら、こうされたら、どう？」

麗香さんはそう言い、胸全体を揉みながら、私の乳首を唇と舌で弄んできた。チュウチュウ、コロコロというソフトタッチの快感に喘いでいるところに、時折カリッと歯による鋭敏な刺激がもたらされるものだから、たまらない。私はそのめくるめく気持ちよさに、ただただ翻弄されるばかりだった。

「ほら、泰葉さん、僕のも触ってみて」

孝さんにそう言われ、導かれるままに股間に手をやってみると、彼のペニスは湯船の中でビンビンに硬く大きくなっていた。

「ああ、すごい……はちきれそうになってる……」

私が思わずそう口走ると、孝さんはいきなりザバッと湯の中から立ち上がり、私の口にペニスを突きつけてきて、言った。

「さあ、しゃぶってくれよ……頼むよ、泰葉さん」

私はもうなんの抵抗もなく、それを咥えていた。亀頭をズッポリと呑み込み、笠のくびれ部分を舌でクチュクチュと刺激しながら、ジュッポジュッポと顔を前後に振り立てて、無我夢中でフェラチオした。

「おいおい、いい加減、こっちも交ぜてくれよ。さっきから見てるだけで、俺のももうこんなになっちゃってるんだ」

そう言って夫が乱入し、言葉どおりに孝さんに負けないくらい勃起したペニスを振りかざしながら、麗香さんの手をとって引っ張り上げた。

「ああん、乱暴にしないでぇ」

言葉ではそう言ってなじりながらも、その実、麗香さんは嬉しそうに笑みを湛えながら、夫につき従っていった。そして、広いジャグジーの反対側で、二人で絡み合い始めた。

「ほら、ご主人も、俺のワイフと始めちゃったよ。こうなったら、負けないくらい、こっちも楽しまなくっちゃ」

そう言いながら、孝さんは私の口からペニスをズルッと抜き出すと、今度は私を縁に座らせてアソコを舐めてくれた。

「あ、あ、ああん……ああ、キモチいい……ねえ、もう……入れて……」

私の性感はすでに極限まで高まってしまい、その昂ぶりに押し出されるままに、あられもなく挿入をおねだりしていた。

「はいはい、それじゃあ、いくよっ！」

孝さんはそう一声かけて、グッと持ち上げた私の身体を、湯船の中の自らの股間の上に下ろしていった。ジュク……と、彼の亀頭が私の秘裂を割って侵入するのが感じられ、続いてズブズブッ……と、奥に向かって押し入ってくるのが実感された。

「ああっ……ひあああっ、ふあああっ……」

全身を快感に貫かれ、私の喉から喜悦の悲鳴がほとばしった。ペニスの大きさ的にも、テクニック的にも、正直夫と比べてそんなに大差はないのに、赤の他人にやられてるという感覚だけで、こんなに新鮮に感じてしまうなんて……私はスワッピングの素晴らしさをしみじみと実感していた。

「ああん、ああっ、いい、いいわぁ……」

「ああ、麗香さん、ああっ……」

夫と麗香さんのほうからもエクスタシーの声音がほとばしり、それはさらに大きく、激しく高まっていくばかりだ。

「泰葉さん……俺、もうイキそうです……」

「ええ、私もすごくいいわぁ……いっしょにイキましょう?」

「ああ、ううううッ……」

次の瞬間、孝さんはフィニッシュし、私もクライマックスを迎えていた。

それからほどなくして、夫と麗香さんもフィニッシュしたようだ。

最初はすごくとまどってしまったけど、私のことを思ってすべてのお膳立てをしてくれた夫に、今ではたくさん感謝している。

ありがとう、あなた!

■ああ、ずっと好きだったNさんの愛しいオチ○チンがついに自分の中に……

憧れの上司への想いを遂げられた狂おしいまでに熱い夜

投稿者 柿谷みどり（仮名）／27歳／OL

今の夫と結婚して二年になりますが、そのずっと前から好きな人が別にいます。同じ会社のNさんといって、今五十三歳の部長職です。

もともとちょっとファザコンの気があった私にとって、ダンディで落ち着いた雰囲気のNさんはまさに理想の男性でしたが、もちろん妻子持ちなので、こっそり憧れるしかなかったのです。

ところが、そのNさんが社内の派閥抗争の巻き添えになり（いろいろドロドロしたものがあるのだそうです）、急きょ地方の系列会社に出向させられることになってしまったんです。

おそらくそうなると、今後二度と会うことはできなくなるだろう……そう思った私は、長年秘めてきたNさんへの想いを、一度でいいから成就させたいと思ったのです。

部署内での送別会の三日前、私は思い切ってNさんをその夜の食事に誘い、ＯＫの返事をもらうことができました。

「ああ、もちろんいいよ。で、柿谷さんの他には誰が来るの？」

「……いえ、私とNさんの二人だけです」

「……そう」

一瞬の間がちょっと緊張したけど、そのあとNさんはやさしく微笑んで、

「わかった。楽しみにしてるよ」

と、言ってくれたんです。

夜の八時に落ち合い、私のお気に入りの美味しいイタリアンを、ワインとともに楽しみ、十時頃に店を出た私たちは、もう一件、落ち着いたBARでの飲みを経た後、ごく自然な流れでホテルへと向かいました。

Nさんが先にバスルームでシャワーを使い始めました。

私はその水音を聞いているうちに、なんだかもうじっとしていられなくなってしまって……服を脱いでいきなり乱入してしまいました。

「あ、柿谷さん……！」

「すみません……でも、もうガマンできなくなっちゃって！」

私はそう言うと、裸のNさんにすがりついていきました。中年らしく少しせり出した

お腹が、またなんとも言えず愛らしく感じてしまいます。

降りかかるシャワーを浴びながら、私は激しくNさんの唇を求めました。

「んぐっ……んんっ、ああ、Nさん……大好き……」

「んぐっ……か、柿谷さ……ん……んふぅ」

Nさんの舌にニュルニュルと自分のを絡め、ジュルジュルと唾液を啜り立てました。

そうしてさんざん貪ったあと、顔を下ろしていってNさんの乳首をとらえました。

その乳首は大柄な体型のわりには小粒で、なんだか無性に可愛らしくて……私はついばむようにチュクチュクと吸いました。

「ああ……柿谷さん……んん……」

私の口戯に感じてくれているNさんのせつない喘ぎ声を聞きながら、私の責めは徐々に熱を帯びていきました。

一方の乳首を、唇と舌のソフトタッチだけではなく、時折少しハードにカリッと歯を立てながら、またもう一方を指先でクリクリとこね回しながら、そして空いている片手を股間に伸ばし、それなりに硬くなっているペニスを摑んでニュルニュルとしごいてあげるのです。すると、シャワーのお湯とは違うぬめりを帯びた感触が手のひらに感じられ……ああ、Nさんの先走り液……と、さらに昂ぶってしまった私の手の動きはその速度を上げていきます。

「あふ、んんぅ……か……きた……に……さ、ん……」

私はますます切羽詰まってきたNさんの喘ぎを頭上に聞きながら、ひざまずいてペニスを咥え込んでいました。

最初は先端をチロチロと舐め、亀頭のくびれ部分にレロレロと舌を這わせながら柔らかめに、そのうち奥のほう……喉までズッポリと全体を呑み込んで、喉奥を締めるようにして、激しめにしていきました。

その刺激に反応してさらに大きくなってきたところで、さらにもう一押し。片手でタマ袋を転がすようにして揉み込み、もう片手の指先をアナルにヌポヌポと出し入れして……Nさんは腰をビクビクと震わせながら、

「ああっ、柿谷さん……あううぅ、ひいぃっ……！」

と、さすがにもう限界というところまで感じてきてしまいました。

Nさんの年齢のことを考えるとそう何度もできないだろうと判断した私は、ここでは射精させずに、いったんボディソープで全身洗いに切り替えてクールダウンを図り、ワンクッション置いたうえでベッドルームへと移動しました。

「ああ……柿谷さん、さっきはすごかったよ。ねえ、今度は僕にやらせて」

Nさんはそう言うと、私のオッパイをねぶり回し始めました。

Nさんとは反対に大粒な私の乳首に舌が絡みつき、クニュクニュと蠢き、その熟練の動きは私を甘い陶酔の世界に導いていきました。

「ああ、Nさん……きもちいい……んぅ……」

「ハァハァ、柿谷さんの乳首、とっても甘くて美味しいよ……さあ、下のほうもたっぷりと可愛がってあげるからね」

Nさんは胸からおへそ、そして下腹部へと顔を下げていき、とうとう私の股間の熱い中心部分を口でとらえました。当然、もう充分昂ぶっている私のソコは淫汁でグチャグチャで、Nさんの口が接するや、ヌチャ、ズチャ……と、あられもなくイヤラシイ音を発しました。

「ああ……あうぅ、か、感じるぅ……」

私は思わず股間のNさんの頭に両手をやり、ぐいぐいとアソコに押しつけるようにしました。Nさんもその強制的おねだりに応えて、顔をブルブルと左右に振り立てながら、舌を私の熱い肉襞の奥深くへとぬめり込ませてきます。

「あひぃ、あふぅ……ああん、Nさん、Nさん……もう……きてぇ……」

私は今度はNさんの頭を引き上げるようにして顔を上向かせ、私の愛液で口元をてらてらと光らせている彼に向かって訴えていました。

Nさんはコクリと頷くと、体勢を整えて私の中に硬くて大きなペニスを挿入してきました。ああ、ずっと好きだったNさんの愛しいオチ○チンが自分の中に……この瞬間をどれだけ待ち望んできたことか！

「ああっ、すごい……Nさん、イイッ……あああん！」

「おお、柿谷さん……ううッく……」

私はNさんの尻タブをがっしりと両手で摑み力を込め、注入される快感をより深く大きく受け止めようと必死でした。

すると、だんだんNさんの腰の動きが激しくなってきて……。

「んんっ……くぅ、もう……イクよ、柿谷さん！」

Nさんがうめくように言い、私も、

「ああ、きて……きてぇ……！」

二人の性感が一気に頂点に向けて駆け上り、Nさんの熱く大量のほとばしりとともに、私も最高のオーガズムを迎えていました。

その後三十分ほど、今生の別れを惜しむように、お互いにまったりと身体をまさぐり合って過ごしました。

そして三日後の送別会、私は想いを遂げられた晴れ晴れとした気持ちで、Nさんを見送ることができたのでした。

出向した先でも、彼が元気に活躍してくれることを願うばかりです。

■クリーム自体のひんやり感の中に、彼の生温かい舌のぬめりが合わさって……

甘く淫らな興奮に満ちたヒミツの料理教室エクスタシー

投稿者 奈良橋紀美子（仮名）／32歳／料理研究家

私は昔から料理が大好きで、調理師免許や栄養士の資格も持っています。そして、その趣味が高じる形で、週に一回の毎金曜日、自宅のキッチンを使って料理教室を開いています。

といっても、ごくごく近所の方だけを集めた、毎回だいたい五～六人規模のこじんまりとした、和気あいあいという表現がぴったりのものでした。

生徒さんは基本、奥様方なのですが、一人だけ今どきらしく〝主夫〟の方がいました。武田さんという三十七歳の男性で、ガタイがいい反面、やさしい笑顔が印象的ななかなか素敵な人でした。

ある日の教室後のことでした。

生徒さんたちが帰っていく中、なぜか武田さんだけがちょっともじもじしながら、一人居残っていました。

そしてとうとう二人きりになってしまったので、私は彼に問いかけました。

「あの、どうされたんですか？　何かご用件でも？」

すると武田さんの返事は思いもよらぬものでした。

「こんなこと言って、引かないでくださいね。あの……俺、紀美子先生のことが……好きなんです！」

「えっ？　……やだわ、武田さんたらそんな冗談……」

「冗談なんかじゃないですっ！」

彼はいきなり私に抱きつくと、そばにあったナプキンを私の口にねじ込んで、声をあげることを封じてきました。

「んぐ……んんんっ……」

精いっぱいの抵抗の叫びは喉の奥でくぐもるばかりで、私は武田さんの強い力に翻弄され、調理後の試食会を終えてきれいに整頓されたテーブルの上に押し倒されてしまいました。

「ああ、紀美子先生……初めて見た時からずっと好きだったんです……」

武田さんは息を荒げながらそう言うと、私の両手両足を大きく開かせて、柔らかいけど丈夫な素材でできた荷造りヒモを用いて、テーブルの四隅の脚に大の字にくくりつけてしまいました。

その荷造りヒモは彼が密かに持参してきたもので、これが計画的犯行だったことがわかります。

私は必死で身体をよじって逃れようとするのですが、縛めはビクともせず、あがくことに疲れた私はとうとうぐったりとしてしまいました。

「そうそう、おとなしくしてくれれば、絶対に痛いことはしませんからね」

武田さんは笑みを浮かべながらそう言うと、プチ、プチと私のブラウスのボタンを外していきました。そして前がはだけられ、ブラジャーも外されてしまい……露わになった私の小ぶりの乳房が、その先端の乳首が、ふるふると震えています。

「ああ、可愛い……僕、巨乳とかって大嫌いなんですよ。紀美子先生くらいのおくゆかしいオッパイが一番素敵だと思いますよ」

褒められてるのか、けなされてるのか……私が微妙な心持ちでいると、彼はキッチンから、さっきデザートを作るのに使ったホイップクリームの入ったボウルを手にとりました。そしてなんと、手にクリームをたっぷりと絡めると、私の胸に塗りたくってきたのです。ひんやりとした感触が乳房の上に広がり滑り、乳首にまとわりついてきます。いったい彼は何を……？

「紀美子先生特製のホイップクリームを使って、さらに美味しく紀美子先生自身を味わう……ああ、最高だなあ」

武田さんは少し熱に浮かされたような声でそう言うと、私の胸に塗り広げられたホイップクリームを舐め始めたのです。クリーム自体のひんやり感の中に、彼の生温かい舌のぬめりが合わさって……ニュルルル、チュルルル、と私の胸をなんとも言えず甘美な感触が這い回ります。

「うくっ……んぐぅ、んふぅ……」

拒絶する心とは裏腹に、声にならない艶めかしい喘ぎが、喉から漏れこぼれてしまいます。もちろん、こんなことをされるのは初めての経験でした。

「ああ、美味しい、美味しいよぉ……ホイップクリームの上品な甘さと、紀美子先生の少し汗ばんだしょっぱさが絶妙にブレンドされて……これなら、あっちのほうの味は、もっと滋味深いんだろうなあ……」

武田さんは、さんざん私の胸を舐め回したあと、今度は私の下半身を裸に剥いて、そちらにターゲットを移してきました。

「おや、こっちももうかなり濡れちゃってるじゃないですか。気持ちよかったんですね……さあ、たっぷり味わわせてもらいますよ？」

そしてぱっくりと開かれたオマ○コを中心に、ニュルニュルとクリームを塗りたくられて……まずは足の付け根の辺りを舐めいじられて性感を高められたあと、とうとう彼の舌がオマ○コ本体をとらえました。

恥ずかしいことに、さっき彼が言ったとおりに私のソコは愛液を溢れさせており、それとクリームのぬめりが合わさったえも言われぬ音……ヌジュ、ブジュル……が、彼の舌がオマ○コをえぐる度に響き、私はそれと同時に胎内で炸裂するエクスタシーに、腰を跳ね上げて悶えてしまいました。

「うぐぐ……んぐぅ、ふぐぅぅ……」

「ああ、やっぱり……クリームの甘さと紀美子先生の愛液の艶やかな味わいが混ざり合って……美味し過ぎるぅ！」

武田さんは一際大きくそう声をあげると、ズボンを脱いで自らのオチ○チンを剝き出しにしました。それは見事なまでに勃起し、先端をヒクヒクと震わせ、ジワリと透明な液体を滲ませています。

ああ、私、犯されようとしている……こんなのイヤなはずなのに、でも今、もう入れてほしくてしょうがない……！

私は、心と身体が引き裂かれそうな狂おしいジレンマの中、武田さんの肉棒を受け入れていました。ヌプヌプと沈み込むように入ってきたソレは、徐々にピストンの速度を上げていき、いつしか私の胎奥を突き破らんばかりの荒々しさで全身を揺さぶっています。

「んぐぅ……ぐふぅ、んふぅ……」

「ああ、紀美子先生……ああう、くはあぁ……」

一段と速まったピストンが突如止まり、私の下腹部に吐き出された彼の精液がホイップクリームと混じり合って、淫らな塊となりました。

同じく絶頂を迎えていた私は、その余韻に、ただただ息を喘がせるだけでした。

「あの……今日はすみませんでした。でも……もう来るな、とか言わないですよね？」

上目遣いに聞いてくる武田さんに、黙って頷く私なのでした。

■やっていること自体はいつもの愛撫ながら、男の子気分だとなんだか無性に興奮して……

男装した身を犯してもらう異常快感に燃え上がった私!

投稿者 高城綾香(仮名)/28歳/書店員

実は、私と夫はコミケ(注/コミックマーケット…国内最大の同人誌即売会)で知り合って結婚した、筋金入りのオタク夫婦。夫は特撮マニアで、怪獣とかロボットが大好きな人種。私は男の子同士の恋愛(BL…ボーイズラブ)をこよなく愛する、俗にいう〝腐女子〟というやつです。

そんな私たちも、ことセックスの嗜好についてはいたってノーマルだったのですが、結婚生活も五年を超えてくると、だんだんマンネリに陥ってきてしまって……それでその解消のために、お得意のオタク素養を活かしてみようということになりました。

ただ、特撮を活かすのはどう考えても難しそうなので、ここはやはり、私の愛するBL的アプローチだろう、と。

やり方はこうです。

私が男装して男の子として振る舞い、夫のほうも私を男の子として扱い、男の子として愛してみるというものです。

最初、さすがの夫もちょっと二の足を踏んでいましたが、なんとか折れてくれて、持ち前のオタク魂で真剣に取り組んでくれることになりました。

私は今までさんざん親しんできたBL漫画や小説の中のシチュエーションを脳内再生し、その美味しいところを合わせるようにしてシナリオを構築し、それに沿って夫に演技指導しました。

まず、私が口火を切りました。

「なあ、話ってなんだよ？　急にこんなところに呼び出したりしてさ」

すると夫が答えます。

「ん……いや、その……あの……」

「なんだよ、はっきりしねえなあ、女の腐ったのみたいにグズグズしてよお、用がないんなら、俺、帰るぞ！」

私がそう侮蔑したような口調で言い放つと、夫のほうもマジで少しムッとしたようで、やにわに私の両肩を強く摑んで迫ってきました。

「おまえのことが好きなんだよ！　おまえのことを思うと、頭がどうにかなっちまいそうなんだ……」

そう言って私を押し倒してきたんです。夫の迫真の演技に、がぜん私もテンションが上がってしまって、激しく言い返しました。

「はあ？　おまえ、男同士で何言ってんだよ？　気持ちワリぃなあ、もう。ほら、放せよ、この変態野郎！」

「くそお、人の気持ちも知らないで……うわあああぁッ！」

夫はそう叫んで、私の服を脱がしてきました。もちろん、男の子設定なので、私はブラジャーなど着けておらず、服の下はすぐに生身の乳房です。そこに夫はしゃにむにむしゃぶりついてきたんです。

「くそぉ……男のくせにこんなピンク色の可愛い乳首しやがって……ううッ！」

夫はせつなそうにうめきながら、私の乳首を激しく舌で弄んできました。

「おい、や、やめろよ……痛いって……ううっ……」

やっていること自体はいつもの愛撫ながら、男の子気分で相対すると、なんだか無性に興奮して、いつも以上に感じてしまいました。

「そんなこと言って、痛いんならなんでこんなに乳首が硬くなってるんだよ？　本当は気持ちいいんじゃないのか？　このインランが！」

夫はそう言って荒々しく私の胸をまさぐり回すと、今度は下半身に手をやって、ジ

ーンズの前を開いて突っ込んできました。そして、私の股間をいじくりながら、

「ほら、だんだんオチン○ンが硬くなってきちまったぞ？　感じてるんだろ？」

と、私のクリトリスの淫らな反応を口に出して責め立てるんです。

そうして、さらにニュルニュルと指先で淫豆をこすり立てられ、私は腰をビクビクと震わせて悶えてしまいました。

「ふ、ふざけるな……誰が感じてなんか……っ」

「ほら、こっちはどうだ⁉」

私の抵抗をあざ笑うかのように、夫はワレメに指を滑り込ませてきました。そして中でクチュクチュと蠢かすんです。

「ああ、おまえのケツの穴、怖いくらいに濡れちまってるぞ！　カラダは正直だな……俺のチ○ポをぶち込んでほしくてしょうがねぇんだろ！」

「だ、誰がおまえのチ○ポなんか……あうっ！」

さらに激しく中を掻き混ぜられて、私は思わずのたうってしまいました。初めて味わう興奮と快感にもうメロメロ状態です。

「さあ、いい加減、正直に言うんだ。このインランなケツにぶっといチ○ポをぶち込んでくださいってな。ほらっ！」

「あう……お、俺のインランなケツに……そのぶっといチ○ポを、ぶち込んで……くださいっ……ううっ！」

もう限界です。

私は声の限りに挿入をねだり、夫のいきり立ったチ○ポを摑むと、自分の股間に向けてグイグイと引き寄せていました。

「よし、そのスケベな穴を思いっきり広げて咥え込みやがれ……おらぁッ！」

大きな掛け声とともに夫の勃起チ○ポがワレメに突き入れられ、私はその待望の衝撃に身をのけ反らせて悶えてしまいました。

「ああっ、あああ……あひぃぃぃぃ～ッ！」

もう男の子を装う余裕などなく、私はすっかり女に戻って、挿入の快感に翻弄されていました。

「ふう……ごめんね、無理やり私の趣味に合わせてもらっちゃって」

事後、そう言って夫の苦労をねぎらうと、

「いや……なんか、男を犯す感覚って、意外と興奮するもんだな」

なんていう返事が。

ひょっとして、新しい嗜好を目覚めさせちゃったかも？

■美紀さんの愛撫は、ふだん主人にされている時よりも夢見心地の感覚をもたらして……

病身の私がひきずり込まれた女同士の禁断の快楽体験

投稿者　高村希恵（仮名）／26歳／パート

私はスーパーでパート勤めをしてるんですけど、その日は珍しく風邪をひいて休んでしまいました。

「無理するなよ。じゃあ行ってくるな」

「うん、行ってらっしゃい」

朝、主人を会社に送り出したあと、熱っぽい身体でなんとか最低限の家事を済ませてから、職場に休みの連絡を入れました。

そして、薬を飲みベッドに入って休んでいたんですが、あれは午後二時くらいだったかな……携帯が鳴って、誰だろうと思ったら、仲のいいパートの同僚の美紀さん（二十七歳）だったんです。

「大丈夫？　私、今　ちょうど仕事上がったところなんだけど、お見舞いに行ってもいいかな？」

「え？　そんな、気を使わなくてもいいよ。大したことないし……気持ちだけで充分だからさ」

「いいって、いいって。ね、ちょっと顔出させてよ」

「うん、わかった。ありがとう」

私は美紀さんの気持ちが嬉しくて、ほっこりした気持ちで来訪を待ちました。

そして三十分後、彼女が、熱があっても食べやすいだろうと、私の好きなフルーツゼリーの手土産を持ってやってきてくれたんです。

お茶を用意しようとするのを彼女に制されて、私はベッドに身体を起こした状態で、フルーツゼリーを食べながら、話をしました。

でも、最初はよかったんですが、だんだん具合が悪くなってきちゃって……そんな私を彼女はやさしくベッドに横たえてくれました。

「ちょっとつらそうね。熱計ってみようね」

美紀さんはそう言って、枕元にあった体温計を手にとると、私のパジャマのボタンを外して腋の下に入れてきました。身体を締めつけたくないのでもちろん下着は着けておらず、ちょっと恥ずかしかったけど、そんなことも言ってられず、美紀さんにされるがままになっていました。

すると、美紀さんがとった行動は意外なものでした。

体温計を挟んで私の腋の下から抜き出した手を、するりと胸のほうに滑らしてきたんです。そしてきれいにマニキュアの塗られた指爪の先で、乳首を中心に円を描くようにツツツ、と私の乳房を撫で回してきたんです。

「えっ……み、美紀さん、なに……？」

「いいから、いいから……希恵さんはじっとしてて」

美紀さんはやさしく微笑みながらそう言い、愛撫をやめようとはしませんでした。

何が起こっているのかわからず、とまどっている私に向かって彼女は言いました。

「あのね、私ずっと前から……希恵さんのことが好きだったんだ。希恵さんの大きくて形のいいオッパイをいつかこうしたいなあ……って、ね、いいでしょ？」

突然の、あまりにも驚きの告白でした。

まさか美紀さんがそんな目で私のことを見ていたなんて……！

元々私、男も女も両方いけるクチなのよ……問わず語りにそう話しながら、美紀さんの愛撫は続きました。

いつの間にか私のパジャマの前は大きくはだけられ、寝ていても形の崩れることのない私の胸は剝き出しにされています。その両方の乳首を、彼女は指先でコネコネと摘まみねじってくるんです。

「ああ……んふぅ……」

少し熱にうかされて全身がフワフワした状態だからか、そんな美紀さんの愛撫は、ふだん主人にされている時よりも、夢見心地の感覚をもたらしてきました。体中の血が沸き立つような感覚で、それがゴウゴウと乳首に向かって流れ込んでいくような……怖いくらいの気持ちよさなんです。

「ああ……美紀さん、私、なんだか変なキモチ……」

「ふふ、いっぱい感じてくれていいのよ。じゃあ、これはどうかな?」

美紀さんはそう言うと、今度は口で私の胸に触れてきました。そのふっくらとした肉厚で色っぽい唇で、私の乳首を含んできました。

……ツプ……と、生温かい感触に呑み込まれ、さっきの指での愛撫以上の妖しい快感が乳首の先端に満ちてきます。そのままチュウチュウと吸われるうちに、私はとろけるような気分になってしまいました。

「ううん……美紀さぁん、あん……私、おかしくなっちゃいそう……」

「あらあら、本番はこれからよ」

美紀さんの目がギラリと淫靡に光り、その指先を私のパジャマのズボンの中に滑り込ませてきました。そして、パンティの上からさすさすと艶めかしく撫で回してくるんです。

「あっ……そんな、ダメ…あふぅ……」

「ダメってことはないでしょう、こんなにお豆をいやらしく勃起させちゃって……しかも、もうヌレヌレよ？　ほらぁ……」

美紀さんの指先がパンティの上から私のクリトリスをいじり回し、たまらない喜悦の電流が私の全身をビリビリと震わせました。

「ああ、ほら、希恵さんも私の、触ってみてぇ」

美紀さんにそう促されて、スカートの中から下着の股間に触れてみると、彼女ももうぐっしょりと濡れていました。

「ああ、美紀さんのもスゴイことになってるぅ……」

なんだか私も興奮してきてしまいました。女同士のエッチなんてもちろん初めての経験でしたが、いつの間にかもう嫌悪感も抵抗感も消え失せ、ただ彼女と愛し合いたいという純粋な欲望に支配されていたんです。

「さあ、希恵さんもパンティ脱いで……ほら、女同士ってこうやって愛し合うのよ」

そう言って、美紀さんも自分でパンティを脱いで、先に下半身裸になっていた私のアソコに自分のアソコを、脚を交差させる形で密着させてきました。グチャリ……という淫靡な音を立てて二人の秘肉が食い込み合い、絡み合います。

「ああ……希恵さんの、柔らかくて温かい……」

「ああん、美紀さん……す、すごい感じちゃうぅ……」

互いのアソコの肉が淫液を滴らせながらネチャネチャと接する、そのあまりに淫らで艶めかしい気持ちよさに、私はどんどんとろけていってしまいました。

「ああっ、もう……イク、イクゥ……」

「ああん、私もイキそう……あふ、ふくぅ……」

二匹の女獣の快楽を貪る腰の淫動がぜん激しさを増し、私たちは同時にイッてしまいました。

そしてそのあとも、たっぷり二時間ほど果てしのない女同士のセックスの悦びにのめり込んで……終わった時は二人とも、ぐったりと疲れ切ってしまっていました。

この日から、私と美紀さんは誰にも言えない恋人同士になってしまったんです。

第三章 陶酔をほしがる人妻の告白

■上下の口を犯されながら、私は手に握らされた、また別のペニスを必死でしごき……

四人の男に身体を弄ばれた旅行先での超絶カイカン！

投稿者 真柴香苗（仮名）／30歳／専業主婦

仲のいい主婦仲間四人で旅行に行った時の話です。

最初は和気あいあいとよかったのですが、途中、本当につまらないことで、私、他のみんなと仲たがいしてしまって……。

「もういいわ、私のことはほっといて！」

って言って、やけくそ気味に一人別行動をとってしまったんです。

しかしまあ、そう言ったはいいものの、どんなに素晴らしい景観の場所に行っても、どんなに有名な観光スポットに行っても、当然、ひとりぼっちじゃあこれっぽっちも楽しくはありません。

（あ～あ、あんなことでつまらない意地なんて張るんじゃなかった……）

と、かなり後悔し始めていた時のことです。

突然、背後から声をかけられたんです。

「あの、失礼ですが、お一人ですか？　いや、さっきから様子を窺ってたら、なんかすごくつまらなさそうだったんで……もしよかったら、僕らと一緒に回りませんか？」

それは、男性ばかり四人組のグループでした。

皆、年の頃は二十代後半くらいで、私と同年代。今どきのシュッとした、なかなかのイケメンぞろいでした。

ちょっと話をすると、同じＩＴ関連会社の職場仲間だということで、まったく怪しい感じはしませんでした。

今まさに、ひとりぼっちの寂しさとつまらなさを痛感していた私は、旅先の開放的気分もあいまって、つい、ＯＫの返事をしてしまいました。

「やったあ！　なんか僕らも男ばかりでくすぶってたところだったんで、お姉さんみたいなキレイな人とご一緒できて、マジ嬉しいです」

たとえお世辞でも、イケメン四人から爽やかにそう言われて、正直悪い気はせず、ほんの少しあった警戒心も消え、私も気分が盛り上がってきてしまいました。

それから皆で数ヶ所の観光スポットを巡り、いつの間にかすっかり打ち解けて、楽しい時間が過ぎていき、夕食も一緒にすることになりました。

彼らが宿をとっているホテルの中にある和食レストランで、美味しい料理と美味しいお酒を楽しみ、その間中、私は彼らに持ち上げられっぱなしで、すっかり女王様気分を満喫していました。今思うと、すでにその時、私はまんまと彼らの手練手管に絡めとられてしまっていたのでしょう。

そうこうするうちお店も看板となり、彼らの一人が言いました。

「まだ飲み足りませんよね？　よかったら僕らの部屋で飲み直しませんか？　これでお別れなんて悲し過ぎますよお～」

「ええッ、でも……」

さすがに一瞬躊躇した私でしたが、彼らに束になって乞われるうちに、とうとう、うんと言ってしまったのです。

すでに時刻は夜の十二時を回り、彼らの部屋に行くと、すでに所狭しと布団が四組敷かれていました。

「わあ、もう布団敷いてあるよ～、まいっちゃうな～」

中の一人が冗談めかしてそう言いましたが、私は彼らの間に張り詰める緊張感に気づかないわけにはいきませんでした。

「ご、ごめんね、私、やっぱりもう帰るわ……」

さすがに事態のヤバさに気づいた私は、そう言って踵を返そうとしたのですが、後ろの一人にさえぎられ、部屋の中に押し戻されてしまいました。

「そんなぁ、今さらそれはないでしょ……ねえ、一緒にもっと楽しいことしましょうよぉ」

今までとは違う、少し、だけど明らかにドスの利いた声がして、私は素早く身体を抱えられ、布団の上に押し倒されていました。大の男四人が束になって押さえ込んでくるのですから、抵抗のしようがありません。しかも、ここまでついてきたのはあくまで自分の意志なのだし、変に助けを呼んだところで、またひと悶着ありそうで、それは避けたい気持ちがありました。

「ね、お互いオトナなんだし、穏便にいきましょう、穏便に」

彼らの身勝手なセリフとともに、私は次々と服を脱がされていってしまいました。煌々と明るい部屋のど真ん中で、私は全裸に剥かれてしまったのです。

「うわあ、お姉さん、いいカラダしてますねえ……たまんないなあ」

鼻息を荒くしながら一人がそう言い、私の右の乳房にすがりついてきました。グニュグニュと揉みしだきながら、乳首を吸ってきます。

「おい、抜け駆けすんなよ！　じゃあ、俺はこっちだ」

という声が反対からしたかと思うと、別の一人が左の乳房に取りついて、同じように愛撫してきます。両方の乳首を同時に吸われ、私はそのあまりの気持ちよさに、ついつい喘いでしまいました。

「ああん……はひぃ……」

「ふはぁ……すごい、乳首がもうビンビンだぁ……お姉さん、本当はすごいエッチなんだね……はむぅ……ああ、美味しい……」

　そう言ってすごい興奮しながら乳首をねぶり回されて、恥ずかしながら私の性感テンションもグイグイ煽り立てられてしまいます。

「ああ、そんなこと言わないでぇ……あああッ……」

　腰をよじらせ悶えてそう喘ぐと、今度はあとの二人が下半身に取りすがって、私の股を大きく開かせてきました。そしてなんと、一人が私のクリトリスを、もう一人がワレメのほうを、上下に分かれて口で責め立ててきたんです。

　皮を剝かれるようにしてクリ豆をしゃぶり吸われ、ワレメの肉襞を隅々まで舐め回されて、両の乳房と合わせたまさかの四点責めの信じられない快感に、私はもう気が狂わんばかりに感じてしまっていました。

「あひッ、あん、あん、ああん……あああああッ！」

「うわあ、すげぇ……あとからあとからマン汁が溢れてくる……ほら、見ろよ、布団がもうこんなにグッショリだ！　おいおい、これ、どうやってホテルの人に説明するんだよぉ？　ねえ、お姉さん？」

下品であられもない物言いで言葉責めされ、私は心身ともに真っ白に焼き尽くされようとしていました。

「あぁッ、もうガマンできねぇ……！」

すると、一人がそう叫んで乳房から口を離して、慌ただしく裸になると、ペニスを私の唇に押しつけてきました。怖いくらいにカチカチに硬く大きくなっていて、ドクドクと脈動する音が伝わってくるかのようです。

「ほら、咥えてくれよぉ！」

せつなげな言葉とともにペニスが私の口内に押し入れられ、激しく抜き差しが始まりました。溢れ出した私の唾液が、だらだらと顎から首筋へと渡って濡らしていきます。

「お、俺もぉ……！」

別の声がすると、グイッと腰が持ち上げられて、さらに昂ぶったペニスの感触が私のアソコを貫いてきました。ズブっと押し入り、ズチュズチュと性急に出し入れしてきます。

「んふぁッ、んぐぅ……ぐぅひぃ……！」

上下の口を犯されながら、私は手に握らされた、また別のペニスを必死でしごきました。残る一本のペニスは、私の乳房に擦りつけられています。

「ああッ、もっと激しくしゃぶってぇ……」

「もっと強くしごいてくれよぉ……」

「おう……オッパイの弾力がたまんねぇ……」

「くうぅ……お姉さんのアソコ、締まるぅ……」

四者四様の淫らな嬌声が部屋中にこだまし、気がつくと、

「ふうくっ……あうあああぁっ……！」

私は四方から精液を浴びて、無様なまでにイキ果てていました。ほんと、この世のものとは思えない超絶な快感でした。

その後、彼らは持ち場（？）を代えながら私を犯し続け、その間、私もまた数えきれないくらいの絶頂を味わっていました。

後日、仲たがいした主婦友たちとはもちろん、仲直りしたのですが、この夜のことをごまかすのに、すごく苦労しました（笑）。

■すっかり淫らに溢れてしまった私のアソコが、兄にしゃぶられる度にジュルジュルと……

世界で一番大好きなお兄ちゃんと一つになれた熱い夜

投稿者　東山美咲（仮名）／24歳／販売員

今まで誰にも言ったことのない、私の秘密をお話ししましょう。

私がこの世で最も愛する人……それは三つ年上の実の兄なのです。もちろん、家族としてではなく、〝男と女〟として、です。

もう、ものごころついた時からずっと、私には兄しか見えませんでした。

兄は特別かっこいいというわけでもないし、特別やさしいというわけでもありませんが、女が男を好きになるのに、誰もが納得するような理由が必要なわけではないでしょう？

とにかく、好きなのです。

でも、もちろんそんなこと、誰にも……ましてや兄本人に言うわけにもいかず、私は密かな想いを胸に抱え続け、絶対に叶うことのないその想いを断ち切るためにも、あえて友人の紹介で知り合った別の男性と結婚したのです。

その人はごく普通の真面目なサラリーマンで、夫としてなんの文句もない相手でした。私は彼との平穏な暮らしを送りつつ、兄のことをあきらめよう、あきらめようと努め続けていたのです。

でもある日、思いもよらぬことが起こったのです。

兄が勤めを辞め、海外青年協力隊としてボランティア活動のために外国へ旅立つことになったのです。向かう先ははるか遠く離れたアフリカの発展途上国で、いつ日本に帰ってこられるかはっきりしたことはわからない、ということでした。

いや、それどころかその国は、紛争地域のごく近くということで、命の危険すら否定できないというのです。

今会っておかないと、この先後悔するかもしれない……そう思うと、がぜん私の兄への想いが、逆にメラメラと再燃してしまいました。

『お兄ちゃん、一生のお願いだから、出発前に二人だけで会って！　会ってくれないと、私、自殺しちゃうかも……！』

ちょうどつかまらなかった兄の携帯に、私は涙混じりにそう留守電メッセージを残しました。

当然、兄から慌てた様子で連絡があり、私は出発三日前の兄と会う約束を取り付けることができたのです。場所は一人暮らしの兄のアパートです。

当日、私は夫に『当分日本を離れる兄との別れを惜しむために一晩家を空ける』という、あくまで〝事実〟を話し認可を得て、兄の元へ向かいました。

そして夜の八時過ぎに兄のアパートを訪ねた私は、まだるっこしい挨拶や会話は抜きで、出迎えてくれた兄の胸に飛び込んでいました。

「お兄ちゃん、好き、大好き……お兄ちゃんでなきゃだめなの！」

そう泣きすがる私の尋常ではない様子に、一瞬とまどいの表情を見せた兄でしたが、留守電メッセージの時点から何かを察していたのかもしれません。私の肩をやさしく抱きながら、こう言ったのです。

「気持ちは嬉しいけど、それに応えることなんてできないよ。わかるだろ？　俺たちは兄妹なんだ……な？」

「わかってる、わかってるけど……ねえ、一回だけでいいの、抱いて、お兄ちゃん……一生のお願いだから！」

「う……ぐっ……！」

私は思い切って兄に口づけをしていました。

最初、懸命に私の身を突き離そうとしていた兄でしたが、私が渾身の力で抱きつき、唇を重ね続けているうちに、だんだんその力が抜けてきました。私はその隙に乗じて、兄の唇を割って舌を潜り込ませました。そして兄の舌をとらえると必死で絡ませたのです。

「ふ……んあっ……んふぅ……」

それまで一方的に私の攻めを受け止めていただけの兄でしたが、次第にそのスタンスも変わっていき、私の舌を吸ってくれるようになりました。

(ああ……お兄ちゃんの舌が、私の中で蠢いてるぅ……)

そう思うともう嬉しくて、私はさらに強く兄の唇を、舌を吸い返しながら、兄の背中に回していた手を下げていき、今度は兄の下半身をまさぐりました。

すると、なんと兄のソコはもうすでに幾分か硬く昂ぶっていました。

(お兄ちゃんが私に興奮してくれてる!)

それはもう天にも昇る心地でした。

この瞬間、私の兄への想いは『近親相姦』の生理的嫌悪感を凌駕することができたのだと思いました。

(もうお兄ちゃんは私のものだ!)

私は兄のTシャツをめくり上げてその乳首を舐め、スエットのズボンの中に手を突っ込んで、直にペニスをしごき始めました。

（ああ、大好きなお兄ちゃんのオチン○ン……こんなに硬く大きくなって……ああん、たまらないっ！）

私はずるずると身体を下げていくと、兄の下半身を剝き出しにさせて、反動でビュンッと振り上がったペニスを露わにしました。

「ああ、お兄ちゃん……すき……だいすき……！」

私はそう言って、しばし頰ずりしたあと、その硬く大きく勃起したペニスをフェラチオし始めました。

ジュルジュルと大きくいやらしい音を立てながらしゃぶり立ててあげると、兄もかなり感じてきてしまったようで、ガバッと私の身体を抱え上げると、畳の床に押し倒してきました。

「はぁはぁ……美咲……もう止められないぞ、おまえが、おまえが悪いんだぞ？」

兄は激しく息を荒げながら、私の服を脱がせてオッパイに取りすがってきました。

私の自慢のGカップの乳房が、激しく揉みしだかれ大きくグニャリとひしゃげ、ピンと突き出した乳首が強烈に吸われ、ジンジンと疼いてしまいます。

「ああん、お兄ちゃん……美咲、感じるぅ……」

「あぁッ、美咲、美咲ぃ……！」

それから私と兄はシックスナインの体勢になって、お互いの性器を一心不乱に貪り合いました。すっかり淫らに溢れてしまった私のアソコが、兄にしゃぶられる度にジュルジュルと卑猥な音を立てて泣き叫びます。

「ああ、あああ……お兄ちゃん、もう美咲、ガマンできないのぉ……お兄ちゃんのオチン○ン、美咲のココに入れてぇ！」

私は身を起こすと、お尻を突き出してバックの体勢で兄の挿入を求めていました。夫との性生活で、この体位が一番深く感じることができるとわかっていたからです。

「ああ、美咲……いくよ……入れるよ！」

私のお尻がガッシリと力強くワシ摑みにされ、兄のペニスが後ろから突き入れられてきました。

待ちに待った衝撃の電流が全身を駆け抜けました。

（ああ、お兄ちゃんのが今、私の中に入ってるぅ……嬉しい、嬉しいよおぉ……）

私は肉体的快感と精神的高揚に大きく心身を揺さぶられ、ケダモノのように乱れ悶えてしまいました。

「ああッ、お兄ちゃん……いいッ、感じる……感じるのぉ……あひぃッ！」

「美咲、美咲……ああっ、俺も感じるよ……ううっ！」

私の肉体を穿つ兄のピストン運動は、だんだんその深さと速度を増していき、いつの間にか二人とも汗びっしょりになっていました。

「うくぅ……美咲ぃ……俺もう……っ！」

かなり昂ぶってきたらしい兄は私の背中に覆いかぶさるような格好になり、両手で私の乳房を揉みしだきながら、一段と激しく私に腰を打ち付けてきました。

「ああん、ああっ……お兄ちゃん、イク……私、イクのォ……！」

「美咲……ううっ、あぐ……俺も……うっ！」

その瞬間、私の胎内で何かが激しく炸裂し、ほとばしるような熱い流入感とともに、気の遠くなるような絶頂感を感じていました。

兄のペニスがズルリと抜かれると、私の股間からタラタラと大量の白濁液が溢れ滴りました。

（ああ、お兄ちゃんの赤ちゃん、妊娠しないかなあ……）

甘美な陶酔感の中で、私はそう思っていました。

■私と圭子さんが並んで四つん這いになり、そのバックに雅也さんが……

主婦友とセフレと私の寸止め3Pエッチの鮮烈カイカン

投稿者 白河奈緒子（仮名）／27歳／専業主婦

この間、わりと仲のいい主婦友の圭子さんから、とんでもない提案を受けちゃった。彼女、出会い系で知り合ったセフレがいるんだけど、なんと、

『私と彼と奈緒子さんの三人で3Pエッチやってみない？』

って言うんです！

「ええ〜っ⁉」

と、とりあえず引いたけど（笑）、でも実際、ちょうど夫とのエッチにも刺激を感じなくなってきたのは本当で、かと言って自分で浮気相手を探すのもめんどくさいし……いわば〝渡りに船〟という感じで、OKしちゃったんです。セフレ効果のせいか、なんかいつもイキイキしてる圭子さんのことがうらやましかったしね。

三人での逢い引きの場所はなんと、大胆にも圭子さんの自宅！ 下手に外で会うよりもそのほうがボロが出にくいという圭子さんの発案で、私と彼女がマンションの自

室でお茶してるところに、セフレの雅也さんが電気工事関係の業者の扮装をして訪れる、という設定になりました。

　ほんと、こと気持ちいいエッチのためなら アイデアも労も惜しまない圭子さん……頭が下がる思いッス！

「毎度ありがとうございます！　○○電工の宮本（仮）です」

「は～い、ご苦労様で～す！」

　オートロックを開けてエントランスから迎え入れ、圭子さんは五階の自室に雅也さんを導きました。

「あ、初めまして、私、奈緒子っていいます……」

「こんにちは。いやあ、圭子さんから聞いてた以上にきれいな人で、嬉しいなあ」

「ほらほら、挨拶なんて時間がもったいないでしょ！」

　初顔合わせの私と雅也さんの間に割って入り、圭子さんがもどかしげに彼の作業着を脱がせながら、キスしました。

　もう、その濃厚なことといったら！

　ぽってりとして色っぽい唇を大きく開いて、これまた長くて分厚い舌をのたくらせながら、雅也さんの口元を舐め回す圭子さん。まるで別の生き物のようなそれは、ぐいぐいと雅也さんの唇を割り開いて、彼の口内を隅々まで味わって……二人の唾液が混ざり合って、だらだらと大量にお互いの顎から首筋にかけてを伝い滴り落ちていく……うーん、スケべ過ぎます！

「はあぅ……ほら、奈緒子さんもボーッとしてないで。今日は特別ゲストとして、最初に彼のチ〇ポを味わわせてあげるから……さあ、ズボンを下げて！」

マジですか？ と、一瞬ためらったものの、その時すでに二人の濃厚キスプレイにあてられて、かなり昂ぶっていた私は、ひざまずいて雅也さんのズボンと下着を引き下ろし、そのチ〇ポを眼前に取り出しちゃってました。

それはもう隆々と勃起し、目を見張るくらい長く太くて……夫も決して小さいほうじゃないけど、勝負にならない大きさです。

私はビンッと反った裏筋に沿って舌を這わせ始めました。

上のほうを見ると、雅也さんの服の前をはだけさせて、圭子さんが彼の乳首をねぶっています。

「くうぅ……ううッ……」

その責めに雅也さんがせつなげにうめく度に、チ〇ポもピクピクと震えて、先端からジワッと先走り液が滲み出してきます。私はそれを舌で絡め取り、チ〇ポ全体に舐めのばすようにしてから、亀頭をズッポリと呑み込んで口ピストンを始めました。ジュボジュボと前後運動を激しくしてあげると、雅也さんは背筋をピンと反らせて、悶え喘ぐんです。

「ああッ……すげぇ……めちゃくちゃ気持ちいいっ……！」

私はその反応に更に気をよくして、手のひらで玉袋も揉みしだいてあげました。すると、さらにチ○ポは硬くみなぎったみたいで……。

「あらあ、もうこんなになっちゃってぇ……せっかく美味しそうに実ってるから、もういただきましょうよ、奈緒子さん」

圭子さんの言葉に、どうするのかと思ったら、私と圭子さんが並んで四つん這いになり、そのバックに雅也さんがスタンバイしました。

「ああ……こっちはまだ何もしてないのに、二人のオマ○コ、そろって濡れ濡れのグチョグチョじゃないですか！　ほら、いきますよぉ！」

そう言うなり、雅也さんが私のお尻の肉をがっしりと両手で掴み、バックからオマ○コにチ○ポを突き立ててきました。大きなストロークで前後に激しく揺さぶられ、いきなり頭が真っ白になるような快感が襲いかかりました。

「ひああッ……あううぅ～ッ……あん、あん……」

ああ、これはもうイク……そう思った瞬間でした。ズルッとチ○ポが抜かれ、今度はそれが隣りの圭子さんに向かって突き立てられたんです。

この寸止めはたまりませんでした。

早くもう一度突っ込んでほしいっていう強烈な欲望が、ますます大きな興奮を呼んでしまうようでした。

「あん、あん……ああっ、ちょっとぉ、抜いちゃダメぇ……！」

圭子さんの淫らな悲鳴が聞こえたかと思うと、再び待望の挿入感がやってきて、いったん溜めた分、さっきよりもさらに大きな快感が私を貫きました。

「あああっ……あひぃぃぃっ……あん、あん、あ……だめぇ、抜かないでぇ！」

雅也さんが私と圭子さんのマ○コの間を行き来し、何度この狂おしいまでの寸止め快感が繰り返されたことか……この間の欲望が幾重にも蓄積されて、さすがの私ももうガマンの限界でした。

「よおし、それじゃあまずは奈緒子さん、いくよっ！」

雅也さんも私の極限状態を察してくれたようで、いよいよフィニッシュ態勢に入ってくれました。より深々とチ○ポが突き入れられ、ぐりぐりと奥の奥までえぐってくるんです。

「ああん、イク……イク、イクのォ〜っ……！」

最後の一突きを受けて、ようやく私はフィニッシュを迎えることができました。もう、その気持ちいいことといったら……今までで最高のエクスタシーでした。

「さあ、今度は圭子さんだ！」

続けざまに圭子さんがイカされました。

生まれて初めての３Ｐエッチは、もうびっくりするほどヨクッて……また味わいたくて仕方ないんだけど、圭子さんにお願いする機会がなかなかなくって。

正直、今すごいムラムラが溜まっちゃってる私なんです。

■デリカシー溢れる愛撫に加え、女ゴコロのツボを押さえた甘い囁きが私をメロメロに……

理想の〝粗チン〟で待望の最高快感を味わい尽くして

投稿者 片山しずか（仮名）／32歳／専業主婦

私、派手な目鼻立ちで、しかも長身&ナイスバディ（自分で言うのも恥ずかしいですが）ということで、いわゆる〝肉食系〟と思われがちで、言い寄ってくる男も、マッチョとかオラオラ系の暑苦しいのばっかり。さらに言うなら、『俺のはすげぇぜ』っていう〝巨根自慢〟がやたら多かったんです。

でも実は私、外見とは裏腹にアソコの造りがこじんまりしてるっていうか……何人かの巨根男の相手をして、そのうち慣れるかなと思ってたんですが、ずっと痛いままで、ダメみたいでした。

だから、結婚するなら〝粗チン〟の男、と決めてました。

でも、こればっかりはそう簡単に確かめることもできません。

かと言って、放っておけば巨根男しか寄ってこないので、さて、どうしたものかと思っていると、ある日の会社の飲み会で、酔っ払った男性同僚が、

「いや、この間トイレでKのチ〇ポコ見ちゃったんだけど、これがまたすげぇ小さくてさぁ、あんなんじゃ相手にしてくれる女なんかいないぜ～」

と、失礼なことを吹聴してるのを聞いてしまいました。

男性のアレって、平常時と勃起時の大きさの差に、人によってかなり幅があるので鵜呑みにはできませんが、それでも、私にとっては待ちかねた貴重な情報です。

そのKさんというのは、仕事はそこそこできるけど、見た目はパッとしない地味な存在でした。でも、決して感じの悪い人ではなく、私は思い切ってモーションをかけることにしたんです。

「え？　俺？　俺とつきあいたいって……マジですか？」

Kさんにとって、社内で真逆の派手な存在である私は、ある意味〝高嶺の花〟だったのでしょう。最初、そう言って引かれてしまいましたが、それでも了承してもらって、ついに待望のベッドインの時を迎えました。

「あの……部屋、暗くしてもいいかな？」

ホテルでお互いにシャワーを浴びたあと、Kさんはまるで女子のようなことを言いました。きっとその〝小さい〟と評判のペニスを、なるべく見られたくなかったんだと思います。

でも正直、これまでの自信満々男たちとは違う、その奥ゆかしさ（？）に私はキュンとしてしまいました。

「うん、Kさんがそうしたいなら……」

私は答え、部屋の照明が落ちました。

ベッドの上、Kさんが私に覆いかぶさってきました。私はそっとその股間に手を伸ばしたのですが、

「いいからじっとしてて……しずかさんは何もしなくていいから」

と、Kさんに拒否られてしまいました。

そしてKさんが行動を開始しました。

オーソドックスに唇へのキスに始まって、たっぷりネットリと舌で口内を可愛がられたあと、彼は耳やうなじ、咽頭といった私の首から上の部分を愛撫し始めました。

耳穴に息を吹き入れ、耳朶を甘噛みし、うなじや咽頭に何度も何度も舌を這わせて……その充分に時間をかけた繊細な責めに、私はそれだけでもう、えも言われぬ快感を感じ始めていました。

今までの巨根男たちは、絶対にこんなことはしてくれなかったんですもの。

私はすでに体中が熱くなってきてしまい、恐ろしいほどに性感が高まっていました。

そんな敏感になっている乳首に、Kさんの唇が触れてきた時の衝撃と言ったら……！

ほんの軽くついばまれただけだというのに、頭の中が真っ白になってしまうぐらいの快美感が走り、私は全身をのけ反らせて喘いでしまいました。

「あうん……はひぃ……っ！」

「ああ、しずかさんのオッパイ、こんなに大きい上に感度もよくて……すばらしいカラダだね」

Kさんはサワサワとやさしく撫でるようにして私の肌に指を這わせ、そのピアニストのような愛撫は、ますます私の性感を昂ぶらせてやみません。

「うん、肌も吸いつくように滑らかで瑞々しくて……本当に最高だよ」

「あん、Kさん……」

デリカシー溢れる愛撫に加え、女ゴコロのツボを押さえた甘い囁きが私の心身ともをメロメロにしてしまいます。

そうやってたっぷり細密に上半身を愛してくれたあと、いよいよ彼の責めは私の下半身に及んできました。

「ああ、きれいなピンク色でヒダヒダも繊細で……なんて可愛いオマ◯コなんだ。ずっと舐めていたいくらいだよ……」

Kさんの囁きとともに、そのきめ細やかな唇と舌と、そして歯がもたらす快感のシンフォニーに翻弄されて……私はここまででもう、なんと二回もイッてしまっていたんです。ほんと、こんなの初めてのことです。

そして、ついに彼のペニスが挿入されてきました。それは勃起した状態でも長さは十センチ足らず、太さも直径二センチちょっとの、確かに〝粗チン〟の部類でしたが、私のアソコにはものの見事にぴったりフィット！　まさに理想の粗チンに巡り合えた瞬間でした。

これまでの巨根男たちには望めなかった、女性に対する心配りに溢れた彼の前戯と、〝ちょうどいい〟挿入感の果てに、私は大満足のフィニッシュを迎えることができました。

というわけで、その後めでたくKさんと結婚し、とっても幸せな夫婦生活を送っています。

ほんと、男はチ○ポコだけじゃありません！

■Gさんは私のジョギングパンツを下着ごとずり下ろして、腰回りを撫で回し……

爽やか気持ちいい？早朝ジョギングSEXハプニング！

投稿者　緑川美鈴（仮名）／28歳／パート

私の日課は早朝のウォーキングです。夫が起きてくる前のたっぷり一時間、近所のかなり広い公園内で汗を流すのです。

その日は晴天、朝から気温が高く、まさにウォーキング日和でした。

私は一段と張り切って、自宅を出発しました。

六時ちょっと前に公園に着くと、同じくウォーキング愛好家で、今ではすっかり顔なじみのGさんに会いました。四十六歳のサラリーマンの男性ですが、ウォーキング効果か、年齢を感じさせない若々しさに溢れた人でした。

「じゃあ、今日はいっしょに歩きましょうか」

Gさんにそう誘われ、いつもは彼の歩くペースにちょっとついていけない私でしたが、この日はなんとなくいけそうな気がして、

「ええ、負けませんよ！」

と、二つ返事で応えていました。

最初は絶好調でした。気温が高いせいか身体が軽く感じられ、足取りもリズムよく、Gさんと同じペースで歩いても、全然ついていけました。

ところが、歩き出して十五分ほどが経過した頃、だんだん具合が悪くなってきてしまって……気温が高いところに持ってきて、調子に乗り過ぎたゆえの軽い熱中症のようでした。

突然立ち止まり、ふらつく私の身体を咄嗟にGさんが支えてくれました。そして少しでも日光の当たらない日陰へということで、なぜか茂みの裏にある『隠れベンチ』に座らせてもらいました。ただでさえ早朝で人出の少ないところに持ってきて、ここは位置的にほぼ人目につかない場所でした。

「大丈夫？　ちょっと無理しちゃったかな？」

Gさんはぐったりしている私の横に腰かけて、水で濡らした持参のタオルで顔を拭いてくれました。私のためを思っての行為でしたが、その時、私はあることに気づいてしまったのです。

止まらない汗がTシャツを濡らし、谷間がくっきりと浮き出して見えてしまっている私の胸元に、Gさんの目が釘付けになっていることに……。

一方で私の具合はなかなか回復せず、腰かけていることすらしんどくなり、それを察したGさんは自分の身体をどけて、私をベンチに寝かせてくれました。

「かわいそうに……身体の締め付けもよくないんじゃない？　これ取ってラクになろうね」

Gさんはそう言って、私のTシャツの背中に手を入れてゴソゴソすると、なんとブラジャーを外してしまいました。私は朦朧とした中でも一瞬ギョッとしましたが、確かに身体がラクになったのは否めません。

「あ……ありがとうございます……」

私はそう言うしかありませんでした。

「あとは筋肉が硬直しちゃってるのがよくないのかなあ……試しにちょっとほぐしてみようね」

Gさんはさも心配そうな顔でそう言うと、今度はTシャツの前部分に手を潜り込ませてきて、さっき緩めたブラジャーを浮かせ、私の生乳をヤワヤワと揉み始めたのです。

「ん……んあ……Gさん、そこ、ちが……ッ」

「うん？　何々？　さらにラクになったって？」

Gさんはあからさまに自分に都合のいい解釈をすると、さらに力を入れて揉み込んできました。

「うんうん、やっぱりこの辺りが相当硬直しちゃってるね。気の毒に……ほら、こうすると、さらにラクになるんじゃないかな」

Gさんの淫らな搾乳行為にさらに力がこもり、濡れたTシャツの布擦れと相まって、グッチャ、ズッチャと絡みつくような音がします。

私もいつの間にか、具合の悪さからくる悪寒や倦怠感よりも、Gさんの愛撫がもたらしてくる快感のほうを強く感じるようになっていました。

(ああ、早朝の公園でこんなことしてるなんて……)

そんな背徳感も合わさって、無意識に全身が火照ってくるようです。

「上半身はだいぶほぐれてきたみたいだね。じゃあ、今度はこっちだ……お、だいぶ手強いみたいだよ?」

次いでGさんは、私のジョギングパンツを下着ごとずり下ろして、腰回りを撫で回し、股間の中心部分に向かって指を食い込ませ、蠢かせてきました。痺れるような甘い感覚がアソコの周囲に熱を持たせてきます。

「ああん……だめ……そこ、やあぁ……」

「ん？　本当にだめなの？　今やめてもいいの？」

Gさんの意地悪な問いかけに、私は思わず彼の手を摑んで自ら股間に押しつけることで答えていました。

「よしよし、直接触ってみようね」

Gさんは嬉しそうにそう言って、私のアソコに直に指を侵入させてきました。

最初はゆっくり浅く、でもだんだんその抜き差しは速く深くなっていき、注入される快感は加速度的に大きくなっていきます。

「ああ、あああ……ひあっ、あふぅぅ……」

「じゃあ今度は、塩分含有量を調べてみようね。高血圧につながるから、充分気をつけないとね」

そんなことを言いながら、Gさんは私のアソコを舐めてきました。たっぷりグチュグチュと舐め回したあと、

「う〜ん、OK、OK！　汗の塩っ気と愛液の甘さが合わさって、最高に美味い甘じょっぱさだ！　問題ナッシングだ」

もうワケわかりませんが、そういうセリフのあと、Gさんは満を持したように自らのペニスを振り立ててきました。長さも太さもとっても立派で、血管を脈打たせなが

ら勃起するその姿に、私はますます興奮を煽られてしまいました。

彼に指でアソコをいじられながら、私は目の前に突き出されたペニスをしゃぶり、それが赤黒くパンパンに膨張したところで、片脚を高く捧げ持ち上げられ、突き入れられました。

「あんぅ……深い、深い……当たる、奥に当たるのぉ！」

「ううっ、君のもヌメヌメと絡みついてくるみたいだよぉ！」

私たちはベンチも壊れんばかりの勢いで絡み合い、まぐあい、お互いを貪り合いました。

そして五分後、私が絶頂に達すると同時に、Gさんは私のお腹に向かって熱くて濃ゆい大量の精液を解き放ったのです。

そしてその日、私は熱中症に加えての激しい全身運動の疲労のせいで、パートを休まざるを得ませんでした。

いけないお遊びの代償は、その日のパート代の三千四百円……それなりに高くついてしまったというわけです。

■最初は嫌悪感しかなかったのに、彼の手が送り込んでくる振動に、だんだん……

社内不倫暴露の口止めに肉体を要求されてしまった私

投稿者　水沼瑠璃子（仮名）／25歳／OL

私は小さな商社の総務部で働いているんですが、ある日、企画部社員のTさんから相談したいことがあると言われて、面談の段取りを組みました。

普通、ある程度重大な相談は総務部長に、簡単なことだったら私に、という暗黙の了解があったので、わざわざ面談室を押さえる形で私が相談に応じるというのは、けっこう珍しいことではありました。

でも、Tさんがどうしてもそうしてほしいと言うものだから……。

予約の日、面談室で私はTさんとサシで向き合いました。

「実は、ここを辞めて転職したいと思ってるんです」

Tさんの相談は、やはり普通だったら部長が対応すべき部類のものでした。なので、私は面談を中断しようと、その旨を主張したのですが、Tさんは後には引きませんでした。それどころか、私ににじり迫ってきて、スマホの画面を見せながら、こう言ったのです。

「言うとおりにしないと、この画像、社内にばらまくぞ」

なんとそれは、私と営業部長が会社の屋上で抱き合い、キスをしている現場の画像でした。そう、私は結婚している身でありながら、営業部長と社内不倫の関係にあったのです。

まさか、Tさんにその証拠を握られているなんて……！

私は頭が真っ白になり、思わず固まってしまいました。

「そうそう、そうやっておとなしくすればいいんだよ」

Tさんは満足そうにそう言うと、私の両肩を掴んで、こんなことを言ったのです。

「前からずっと水沼さんのことが好きだったんだ。それで日頃から様子を窺ってたら、偶然、こんなものを撮っちゃって……ショックだったなあ。でも、この際、会社を辞める餞別に、これを利用して想いを遂げてやれと思ってね」

要は不倫現場の証拠画像で脅迫して、私をものにしてやろうという魂胆のようでした。

（くそぉ……このゲス野郎！）

と、内心毒づきながらも、どうにも拒絶のしようがありません。この不倫がバレたら、私も営業部長も身の破滅なのですから。

「ああ、夢にまで見た水沼さんの……カラダ……」

　Tさんは私が抵抗しないのをいいことに、OLの制服の上からカラダを撫で回してきました。両肩を摑んでいた手が下がっていき、私の両脇に沿って上下に手を滑らせ、それがだんだん前に回ってきて、胸の下乳のラインをさすってきます。

「やっぱり……思ったとおり、見た目以上に胸大きいよね」

　嬉しそうな口調で言うと、ボックスタイプの服を脱がせ、ブラウスの前ボタンを外し始めました。私は上から順に、ブラが姿を現すのをただ黙って見ているしかありませんでした。

　そしてブラウスが完全に脱がされ、ブラも取り去られて、私の胸が露わにされてしまいました。確かに彼が言ったとおり、私は着やせするタイプというか、意外に巨乳なのです。

「うわあ……すげぇ、でかくてキレイなオッパイ！　はぁはぁ……」

　Tさんは両手で左右の乳房を包み込むと、ワッシワッシと大きくゆっくりと揉みしだいてきました。

「ひゃあ、柔らけぇ〜っ……ほんと、マシュマロみたいって、こういうのをいうんだろうな。もうサイコー！」

　彼は純粋に感嘆の声をあげ、ますますその手に力を込めてきました。

　すると、最初は嫌悪感しかなかったのに、彼の手が送り込んでくる振動に、だんだん自分でも理解しがたい妙な気分になってきてしまって……。

「ん……ふぅ……んくっ……」

「あれ、水沼さんも感じてくれてるの？　ほんとに？」

　私の反応に気を好くしたTさんは、乳房を揉みながら、今度は乳首を口でいじくってきました。

　先端をニュポッと唇に含まれ、舌で周りを舐め回され、甘噛みされ、強弱をつけて吸い上げられ……そのめくるめくような快感のリズムに、私の身体は翻弄されていくようでした。

「あん……うくっ……ひあ……」

「ああ、水沼さん、水沼さんっ……！」

　Tさんは私を会議用の長机の上に押し倒してきました。そして私に覆いかぶさり、私の耳元でハアハアと荒い息を喘がせながら、制服のスカートをまさぐって、ストッキングと下着を剝ぎ取ってしまったのです。

そして、彼の指がワレメの中に押し入れられてきました。

ヌチュリ……えも言われず恥ずかしい音が、その時確かに私にも聞こえました。

「うわ……水沼さんのココ、すげぇ熱くて濡れまくってる……」

彼に声に出して羞恥心をダメ押しされ、でも一方で、そのことがさらに身体の奥底まで熱く燃え立たせてしまうのです。

「あう、あは……あううん……」

「水沼さん、気持ちいいんだね？　感じてるんだね？　ああ……俺も嬉しいよ……ほら、ここもこんなに……！」

Tさんがスーツのスラックスから取り出してきたペニスは、それはもうビンビンに天突く勢いで勃起して……それを目にした瞬間、私はさらに身体の奥が激しく燃え盛ってしまうのを感じました。

「ハアハア……もうガマンできないよ……水沼さん、俺のチ○ポ、入れるね？　奥の奥まで入れるね？」

私の両脚が持ち上げられ、左右に大きく開かせられ、次の瞬間、とんでもなく熱くて硬いたぎりが胎内に押し込まれてきました。本当に、ズプズプズプ……と、淫らな音が聞こえるかのようでした。

「ああっ、はうぅ……ひああっ……」

Tさんの言葉どおりに、子宮に届かんばかりの勢いで奥まで突きまくられ、私はもうすっかり、その激しい快感に弄ばれるばかりでした。

「うう……水沼さん、ああ……俺、もう出そう……っ！」

「あうう、はひぃ……ううっ……！」

そして一段とその腰の動きが速くなったかと思うと、Tさんは思いっきり私の中に精液を放出させていました。

私ももちろん、イッていたのですが、脅迫セックスへのせめてもの抵抗に、あえて平然さを装いました。

その後ほどなく、Tさんは会社を辞めていきました。

でも、私と営業部長との関係は続いています。

■そのくんずほぐれつの異常なライブ感が、私の性感を怖いくらいに刺激して……

異常な興奮に酔いしれた素人熟女AV撮影体験秘話

投稿者　村川夏美（仮名）／38歳／パート

実は私、最近スロットにハマってしまって……負けが込んで百万を超える借金ができてしまったんです。もちろん夫に言えるわけもなく、パート代と、アクセサリーなどの身の回り品を売ったりしては小金をつくって、細々と返済してきたんですが、利子もかさんできて、それじゃあ追いつかなくなってしまって……とうとう、ネットを通じて知ったアルバイトに手を出したんです。

それはずばり、『素人熟女ものＡＶ』への出演でした。

いわゆるインディーズなので、けっこう過激なこともやらされるようなのですが、一応顔にはモザイクがかかるし、撮影も半日だけの拘束で、ギャラは十万円……はっきり言って相場的に高いのか安いのかはわかりませんが、私にとってはまちがいなく高額の収入でした。

面接には自信がありました。

私、子供を産んでいないこともあってか、それほど身体のラインが崩れておらず、まあまあナイスバディの部類。モザイクがかかるとはいえ、顔もけっこうイケてると思うし……案の定、一発採用でした。

撮影当日、私は指定されたマンションの一室に赴きました。

あらかじめ、できるだけ清楚な服装で来てくれと言われていたので、そうしました。そのままリビングのソファに座らされて、インタビューから始まりました。

『今回はどういう理由で応募してきたの？』

「はい、実はスロットにハマって借金をつくってしまって……」

『なるほど、よくある話だね。とてもいいカラダしてるけど、学生時代とか何かスポーツとかやってたの？』

「あの、バレーボールを……」

『そう言えば、身体も顔もちょっと全日本の木村○織に似てるよね。あ、あっちよりもっと美人だけど』

「いえ、そんな……」

どうやらインタビュアーの男性が男優と兼任のようで、他にはカメラマンと音響係の人がいるだけの、全三人体制というこじんまりしたものでした。

『ほんと、ほんと、肌つやもいいし、全然勝ってるって……ちょっと隣りに座っていいかな？』

男優さんがそう言って、私の横にぴったりと密着してきました。そして、後ろから手を回して、私の薄ピンクのカーディガンのボタンを外してきました。その下はちょっとタイト目の白いカットソー一枚でブラは着けておらず、はちきれんばかりに突き出したバストの膨らみの先端に、乳首のポッチが浮き出ています。下は膝丈のベージュのスカートに、肌色のストッキングといういでたちです。

『うはあ、このバストの眺め、ドキドキしちゃうなあ。どれどれ……』

彼は私の耳朶からうなじにかけて熱い息を吹きかけながら、背後から両方のバストを撫で回してきました。最初は軽くくすぐるように、そしてだんだん根元から先端にかけてを揉み搾るように力を入れてきました。

「あ……ん……っ……」

『ふふ、乳首ももうビンビンだね。服の布地を突き破らんばかりに突き立っちゃってる……』

彼はそう言いながら、その乳首部分を指でねじり上げるようにしてきました。

その様子を、カメラマンが撮影し、音響の人がマイクを突き出して録音しています。

もちろん、こんな状況でのエッチなんて初めての経験で、私は恥ずかしさで頭に血が上りそうになりながらも、言いようのない興奮を感じていました。

『それじゃあそろそろ、本物を拝ませてもらおうかな』

そう言いながら、彼は私のカーディガンを脱がし、頭からカットソーを抜き取りました。その反動で、ブルンッと乳房が大きく上下に揺れました。

『うっわ、たまんねぇ……美味しそうな巨乳オッパイ！　いただきまーす！』

彼が喜色満面に、脇から乳房にしゃぶりついてきました。

肉厚の舌がペロペロと乳首を舐め回し、唇がチュウチュウと吸ってきます。

「あッ……あ、ああ……」

『ふふ、いい鳴き声だねぇ……こっちのほうも、もうかなりキちゃってるんじゃない？』

彼の右手がスカートをめくり上げ、ストッキングとパンティをこじ開けて、私の恥部に触れてきました。その指に掻き回されて、クチュクチュ、ヌチョヌチョとあられもなく湿った音を立ててしまいます。

『ほ～ら、案の定もうヌレヌレだ！　清楚なフリして、本当にドスケベな奥さんだなぁ……こりゃとても俺一人じゃ追いつかないや。……おい！』

彼の号令とともに、カメラマンと音響さんが、それぞれの道具を持ったまま、私に群がってきました。

男優の彼がソファの上に立ち上がって肉棒を私にしゃぶらせているところに、カメラマンがオッパイに、音響さんがアソコに、それぞれ取りついてきました。

「んんん……ッ？」

必死で肉棒を咥えながら見ると、カメラマンは乳首をしゃぶりながら撮影し、音響さんもアソコをねぶりながらマイクを向けて録音しています。

さすがプロ……っていうか、これでちゃんと録れてるんでしょうか？

挿入しながら撮影する〝ハメ撮り〟っていうのは聞くけど、さすがにこれは無理があるんじゃ……と、勝手に危惧しながらも、私はいつしかこの三人の責めがもたらす陶酔に没入していきました。

「あふ……あぐぅ、うくぅ……」

『よし、じゃあいよいよ入れるよ、奥さん！』

男優さんがそう言って、私を四つん這いにさせるとバックから肉棒を突き入れてきました。そして同時に、カメラマンと音響さんもそれぞれの仕事をしながら、私の口に肉棒を突っ込み、私の乳房を弄び、責め立ててくるんです。

そのくんずほぐれつの異常なライブ感が、私の性感を怖いくらいに刺激してきました。

（ああ……私、身体中を犯されながら、隅から隅まで撮影されちゃってる！　もうどうしようもなく汚されちゃってるぅ……！）

最初に男優の彼が射精し、次いでカメラマンが……というふうに三人がポジションを変えながら、繰り返し何度も射精して、二時間後、私は大量の白濁した精液まみれになって、肩で息をしながら横たわっていました。

その後、現金で十万円を受け取って、私は家に帰りました。

もちろん、出来上がったＡＶは見ていませんが、あの常軌を逸した興奮がどんなふうな映像になっているのか、少し見てみたい気持ちはあるのです。

■騎乗位で激しく腰を振り立てる私の責めに、若い彼はひとたまりもないようで……

ずっと想い続けた義理の息子と淫らに契った暑い夏の日々

投稿者　沖原明日香（仮名）／29歳／専業主婦

会社の上司だった五十三歳の男性と結婚しました。

私は初婚ですが、彼は前の奥さんとは別れての再婚、その奥さんとの間に十九歳の大学生の息子がいます。

最初にこの息子のA君に会ったのは彼が十六歳の時でしたが、高一にしてもうすでに男の色気を放つ、末恐ろしいイケメンでした。

だから正直、この再婚を決めたのには、もちろん夫への愛情もありますが、A君へのの秘めた想いがあったのも実は否定できないのです。

なので私たちの結婚後、A君が地方の大学への進学を決めて家を出てしまったのには、大いにがっかりしてしまいました。私の結婚の意味合いの半分か、下手したらそれ以上が失われてしまったわけですから。

でも、その彼が夏休み期間を利用して、一週間家に帰ってくることになり、私の気持ちはがぜん、昂ぶってしまいました。夫が会社に行っている昼間は、基本的に家には私とA君の二人だけ……私の心中に、禁じられた欲望がムクムクと湧き上がってきました。

A君の帰省一日目。

さすがにいきなりの直接的アプローチはまずいよね。とりあえずはジャブ程度ということで、私は首回りがゆったりして胸の谷間が覗き、ブラジャーが透けて見える白いTシャツを着て、彼の周りを行き来しました。食卓に着いた彼の目の前にわざと谷間が見えるようにかがんでゴハンを出し、後ろを通る時にはさりげなくヒップの膨らみが彼の背中に触れるようにしました。

その度にA君からは、伏し目がちに覗き見ようとする密かな視線を感じ、女体の接触に緊張した空気が発散されるのがわかりました。まずはこうして、女としての私を意識させようという作戦でしたが、首尾は上々というところです。

そして二日目。

彼がリビングでスマホをいじっているところに、買い物から帰ってきた私は、

「あ～っ、本当に暑くて参っちゃうわ。汗だくだからシャワー浴びてさっぱりしなくっちゃ」

と、わざわざ宣言し、さらに、

「あ、A君、覗いちゃダメよ?」

と、冗談めかして言いました。この一言が、余計に彼を意識させてしまうことは、もちろん計算ずくです。

そしてシャワーを浴びながら様子を窺っていると、案の定、脱衣所でゴソゴソする気配が感じられ、出てくると、洗濯カゴの中の私の下着に、かすかに、でもはっきりといじられた跡がありました。

そして、三日目。

私は主婦友とのお茶会に出かけたのですが、それが終わると、帰宅したことがわからないように、あえてこっそりと家に入りました。A君はいるはずなのに、シーンと静まり返った中によからぬ予感を覚えながら、忍び足で彼の居室を覗くと、

「はぁはぁ……ああ、明日香さん……」

A君はそう声に出しながら、私のパンティをペニスに巻きつけるようにしてオナニーしていました。その薄紫色の布に包まれた彼のペニスはとても立派に勃起していて、私はドキドキしながらも、期が熟したことを確信したのです。

四日目。

前日遅くまで起きていたらしいA君は、昼を過ぎてもまだベッドから出てきませんでした。私はノーブラ、ノーパンにサマーセーター一枚、ミニスカート一枚だけをまとい、息を殺して寝ている彼に忍び寄りました。

そして寝乱れたタオルケットをそっと剝がすと……ボクサーショーツを突き破らんばかりに立派に（もう昼だけど）朝立ちした股間が目に飛び込んできました。

（ああ……すてき……）

私は彼のボクサーショーツをずり下げ、ビョンッと勢いよく振り上がった生ペニスを剝き出しにすると、今までの万感の想いを込めてフェラチオしました。

きれいなピンク色の亀頭を唇に呑み込み、たっぷりと唾を絡めながらねぶり回します。舌先で鈴口をツンツンと刺激すると、可愛くピクピクと反応しました。そして反り返らんばかりに張り切ったサオの裏スジを何度も何度も舐め上げ、舐め下ろして……ジクジクと、透明の液体が先端から湧き出てきました。

「う……ううん……ッ……」

A君はまだ目を覚まさず、まるで淫夢を見ているかのように悩ましげな喘ぎ声をあげます。なんて可愛いんでしょう。

私はその透明な液体を自分の舌でのばすようにして、ペニス全体をダラダラに濡らすと、いよいよズッポリと深く咥え込んで、タマのほうも揉み転がしながら、速く、激しくジュルジュルとしゃぶり立てました。

するると、さすがのA君も、その尋常ならざる感覚に目を覚まし、

「あう……あ、ええッ？　ちょ、ちょっと明日香さん、なにを……うぐッ、んんぅ……あッ、あッ……」

自分の股間で頭を激しく揺らす私を止めようとしましたが、押し寄せる快感に勝てるわけもなく、ただ、悶え喘ぐだけでした。

「あふぅ……私ね、ずっとあなたとこうしたかったの……悪いお義母さんでごめんね……でも、もうどうにも止められないのよ！」

私はそう言うと、問答無用で彼の腰の上にまたがり、そのパンパンに腫れ上がったペニスの上に、自分の股間を沈み込ませていきました。私の中はもうとっくにどうしようもなく濡れまくっているので、いとも簡単に若い肉棒を奥深くまで呑み込んでいきます。

「ああん、いいわ……A君のオチ○ポ、最高にいいのォ……！」

「ああ、明日香さん……そんなに締めつけられたら、俺……っ！」

彼の乳首に爪を立てながら、騎乗位で激しく腰を振り立てる私の責めに、若い彼は

ひとたまりもないようでした。

「あ……だめ……で、出るぅ……！」

「ああ、いいのよ、思いっきり出してぇ……熱いのいっぱいいぃ……」

ドクドクッと私の胎内が一気に熱くなり、彼の精液が注ぎ込まれました。

それはもう待ちに待った最高の瞬間でした。

そしてあとの三日間、すっかりタガが外れてしまった私たちは、ひたすら義母と息子の禁断の関係にまみれ、快楽を貪ってしまったのです。

次にA君が帰ってくる長い休みまであと四ヶ月……夫には悪いと思いながらも、指折り数えてしまう私なのでした。

■先生は振動を発する器具の先端をゆっくり慎重に、私の乳首に近づけてきて……

長年憧れ続けた診療台エッチの快感に身を打ち震わせて！

投稿者　竹山ひとみ（仮名）／31歳／歯科助手

歯科助手として働き始めてからもう十年近くになります。

その間に結婚もし（夫は普通のサラリーマンです）、子供こそまだいないものの、夫婦仲もよく、何不自由のない生活を送っています。

でも、一つだけ……ずっと胸に秘めながらも、未だに叶えることができず、悶々とした思いを抱え続けている願望がありました。実は、それが歯科助手という職業を選んだ大きなモチベーションでもあったのですが……。

それは、あの歯科の診療台の上でエッチなことをされたい！　という、とてもじゃないけど人には言えないようなものでした。

実は今勤めている歯科医で通算四件目になるのですが、たった十年足らずの間になぜそんなに職場を替えたかといえば、それぞれで機会を窺い、策を練って『診療台エッチシチュエーション』の実現を図ったものの、結局それが叶えられず、次のチャンスを求めて新しい職場へ、というのが本当のところなのです。

我ながら、なんだかなあ……と思いますが、それが自分の心の底からの願いなのだから、どうしようもありません。

そして、それがなんと、ついこの間、とうとう実現してしまったのです。

今の歯科医院は（残念ながら院長先生は高齢、副院長先生は女性ということで、正直ぼちぼち移籍を考えていました）、たまによそからヘルプの先生を頼むのですが、その時やってきたのが、三十八歳のハンサムな先生で、なかなかのフェロモンを発し、実に可能性を感じさせる人だったんです。

その日、私は朝から彼に向かって幾度もそれとなく熱っぽい視線を送り、思わせぶりな態度をとりました。勘がよく、エロい男性なら察してくれるはず……と。

そしてその日の診療時間も終わり、院長は元々休みだったのですが、副院長や他のスタッフが皆先に帰り、私と先生の二人だけになりました。もちろん、お互いに〝あうん〟の呼吸で、そうなるべくしてなったというわけです。

じっと見つめ合い、身を寄せ合って、彼が待合室のソファに行こうとするのを制して、私は言いました。

「ううん、ここがいいの。この診療代の上でエッチして」

「えっ、ここでかい？　まあいいけど、君って……変態？」

いやらしい笑みを浮かべながら彼が言い、私も微笑で頷きました。

でもその前に、立ったまま抱き合って、ねっとり濃厚なキスを交わしました。唇を吸い合い、舌を絡ませ合って……お互いに淫らなテンションがけっこう高まったところで、私は彼に誘われ、診療台に寝かされました。

さあ、いよいよ待ちに待った瞬間の到来です。

診療台に横たわった私の白衣のボタンを、先生が一つずつ外していきます。プチ、プチ……じわじわと期待感が高まっていきます。いや、期待感どころか、ぶっちゃけ私はこの段階でもう、アソコを濡らしてしまっていたのです。

白衣の前がはだけられると、その下はもうノーブラの乳房で、少なからず先生は驚いていましたが、私は今日のチャンスを信じて、いざという時にスムーズにことが運ぶよう、あらかじめ下着は着けてこなかったのです。

先生は私を見下ろしながら淫猥な笑みを浮かべると、最初、手で私の胸に触れようとしたのですが、思い直したかのように、治療器具置き場から、先端の尖った歯を削る用のものを取り上げました。あの、キュイーンという細かい振動とともに歯を削る、いわば歯医者を代表する逸物です。

それを見た瞬間、私の中に、心臓がキューッと引き絞られるような恐怖と、アソコがジュワーッと熱くなる興奮が湧き上がりました。

「診療台がいいってことは、プレイもこういう感じがいいんだろ?」

私の心中を見抜く、さすがの見識です。

「でも、くれぐれもじっとしてるんだよ。下手に動くとマジ、危ないからね」

先生はそう言うと、器具のスイッチを入れ、振動を発するその先端をゆっくり慎重に、私の乳首に近づけてきました。

(ああ……くる……あ……)

キュイーンと音を立てながら、じわじわと迫ってくるソレに、もう私のテンションはうなぎのぼり……苦痛への恐怖と快感への期待がない交ぜになった、えも言われぬ昂ぶりに、もう気が遠くなりそうな心地です。

「さあ、いくよ……」

そして、先生の囁きとともに、ついに鋭い振動が私の右の乳首をとらえました。もう限界まで敏感になってしまっていたそこは、ほんの軽く触れられただけで、恐ろしいほどに甘美な痺れに震え、炸裂するようなエクスタシーの奔流に悶え、のたうちました。

「あああッ……あひぃぃ……ひああああッ……！」

「ほらほら、動いちゃダメだよ……可愛い乳首がえぐれちゃうよ……」

先生のそんなセリフが、さらに私の芯の部分を手ひどく掻き回します。

動いちゃいけない……でも、気持ちよ過ぎる……ああ、私、どうしたら……⁉

「あっふ……あ、イ……イク……っ！」

私はまず最初の絶頂を迎えていました。

乳首への刺激だけでイッてしまうなんて、初めてのことです。

それだけ、この歯医者ならではのプレイをずっと求め続けてきたということなのでしょう。

「ふふ、もうイッちゃったんだね。じゃあ、僕のも舐めてもらおうかな」

先生はそう言うと、診療台のリクライニングを調整して、私の頭のほうを下げると、その眼前にチ○ポを押し当ててきました。私は絶頂間もない余韻にたゆたいながらも、一生懸命にそれをしゃぶりました。

さすがに先生ももうさっきの器具は手放し、今度は口腔内の患部をきれいにする時に用いる水噴射器を使って私の乳房から下腹部に向かってを、ひんやりグッショリ責め立てながら、フェラチオの快感に身をよじらせていました。

「ああ……先生、もう、もうきて……私、たまんないの……」

私がそう言って訴えると、彼は決して広くはない診療台の上、私に覆いかぶさって、無理な体勢の中、挿入してきました。

目の前には診療用の照明。そして覆いかぶさる白衣の歯科医……辺りにまだ少し残る消毒液の香りの中、私は二度目の、最初よりさらにディープな絶頂に達していました。

ずっと憧れ続けた診療台エッチは期待にたがわぬ素晴らしさで、私はまたいつかこの快感を味わうべく、仕事を続けていくのだと思います。

これって、おかしいですか？

■私の白い生乳は、彼の太く浅黒い指の間からはみ出さんばかりにムニュムニュと……

いかつい作業員に犯されて感じてしまった初めての絶頂

投稿者　山下みずほ（仮名）／26歳／専業主婦

私の家の前の道路で下水道工事が始まってしまいました。

通行の妨げになるのはもちろん、うるさいし、埃っぽいし、それに何より、作業員の人たちがなんだか鬱陶しくて。

だって、みんなそろって暑苦しいオヤジで……今の夫もそうだけど、私、昔からインテリ系のシュッとした人が好きなもんだから、毎日、うちの前にそんな人たちがいるのがたまらなくイヤだったんです。

ところが、ある日、思いもよらないことが起こってしまったんです。

その日は、夫が残業で帰るのが遅いことはわかっていたんです。なのに、夕方の五時過ぎ頃、玄関のチャイムを鳴らす音が聞こえたんです。まあ、夫が定時に帰るとしても早すぎる時間なんですが、他に誰も来訪者が浮かばない私は、怪訝に思いながら、玄関に向かったんです。

覗き穴から見ると、そこには日頃目にし、鬱陶しく思っている下水道工事の作業員の一人がいました。

「あの……なんの御用ですか？」

私がインタフォン越しにそう訊ねると、相手は、

「すみません、いきなり腹具合が悪くなってしまって……大変申し訳ありませんが、トイレをお借りできませんでしょうか？」

と、いかにもつらそうな声で言いました。

その、見た目とは裏腹な、意外にも礼儀正しい口調にちょっと驚きつつ、でも知らない男性を家に上げることに躊躇した私でしたが、やはり気の毒さが先に立ち、トイレを貸してあげることにしました。

「あ、ありがとうございます……恩に着ます！」

彼はそう言ってトイレに駆け込み、数分後、それなりに落ち着いた様子で出てきました。でも、どうやら本調子ではなさそうです。

私はかわいそうに思い、

「あの、よかったら少し休んでいってください」

と言いながら、コップにお水を汲んで彼をリビングのソファへと導きました。

「す、すみません……それじゃ、お言葉に甘えて」

そう答えて、ごつい身体をソファに押し込めて水を飲む彼は、歳の頃は三十代半ばくらい。よくよく見ると、けっこう可愛い顔をしていました。今日の作業分は終わり、仲間は皆帰ってしまったのだといいます。

それからしばらく、間を持たせる感じで他愛のない雑談を交わしていたんですが、ようやく彼も調子が戻ってきたようで、

「どうもありがとうございました。助かりました。またあらためてお礼に伺わせていただきます」

と言いながら立ち上がりました。

そして玄関に向かって歩き出し、私のそばを通り過ぎようとした、その時でした。

彼は後ろから私のことを抱きすくめてきたんです！

「あっ……ちょっ……な、何を……っ⁉」

ビックリして抵抗しようとする私に、

「なあ、奥さん、俺ぁ、ずっと奥さんとヤリてぇって思ってたんだ、なあ、いいだろ？　ヤラせてくれよおぉ！」

と、さっきまでとはガラリと変わったガラの悪い口調で彼は答え、万力のような力

でさらに抱きしめ、私の胸やお尻を荒々しく揉みしだいてきたんです。

「いやっ、やめて……やめてったらぁ！」

「そんなこと言って、いつもその豊満な身体を俺らに見せつけるように、品作ってたくせに……ほんとは淫乱なくせに！」

とんだ言いがかりです。

でも、溜まりに溜まった欲望に突き動かされる彼を制止する術は、非力な私にはありませんでした。

「ほら、こんなにスケべなオッパイして……これを思いっきり揉まれたいんだろ？」

彼はグローブのように分厚い手で私の服をもみくちゃに引きむしり、ブラジャーごと強引に揉み立ててきました。

「うわぁ、すげえ弾力だぁ……た、たまんねぇ……」

さらにブラジャーが剝ぎ取られ、私の白い生乳は、彼の太く浅黒い指の間からはみ出さんばかりに、ムニュムニュと弄ばれてしまいました。

すると、意外なことに、最初は痛くてイヤだっただけの感覚が、だんだん、なんだか心地よいものに変わってきてしまったんです。乳首を中心にムズムズと甘い痺れのようなものが乳房全体に広がっていって……そこに彼が、私の両脚の間に手を突っ込んで股間を揉み込んでくるものだから、たまりません。

私はその決して苦痛ではない衝撃にさらされ腰くだけになってしまい、ガクガクと膝からくずおれてしまいました。

「あ……あふぅ……ん……」

「ああ、奥さんっ……奥さんんっ……」

彼の欲望はさらに勢いを得て、そのまま床に私を押し倒してきました。そして、自らも作業着を脱いで、その肉体を露わにしました。

思わず息を呑んでしまいました。

日々のきつい労働によって鍛え上げられた肉体は、ボディビルのような均整のとれた美しさは無いものの、武骨でたくましい鋼のような迫力に満ちています。

夫をはじめ、これまで真逆のタイプの男性にしか抱かれてこなかった私にとって、彼の肉体がもたらすエネルギーは、まさに衝撃的でした。

ガバッと覆いかぶさられ、彼の分厚い胸の筋肉に白い乳房をひしゃげるように押しつぶされ……その様は自分で見ても異様なまでにエロチックで、どうしようもなく身中が昂ぶってきてしまうんです。

「ああ、奥さん、奥さんっ……ううっ……」

彼の喘ぎとともに、その肉体に相応しい見事なまでに硬く野太い肉棒が、私の中に突き入れられてきました。ズブズブと深く、中いっぱいにえぐってくるソレは、これまでのSEXでは感じたことのないインパクトに満ちていました。

「はあ、はあ、奥さん……っ！」

彼の爆発するような盛大な射精とともに、私もこの上ないオーガズムに達していました。それはもう、全身が痺れるような……。

この日以来、私の男性観は変わってしまい、夫があまり魅力的に感じられなくなりました。この先、どうしたらいいんでしょうか？

第四章

絶頂をほしがる人妻の告白

■先生は今度は中太と極細の二本の筆を駆使して、私のアソコをいじめ始めて……

書道教室の先生の淫らな筆さばきに性感を翻弄されて!

投稿者 墨田佳代子(仮名)/36歳/専業主婦

一人息子も小学四年生になり、だいぶ手が離れてきたので、そろそろ自分磨きもいいかなと、書道を習い始めました。

先生は四十歳の落ち着きのある和風のイケメンで、うちからわりと近所にある自宅の二階を教室として使い、私を含めて生徒さんは十人ぐらいいますが、ほとんどが主婦ばかり。しかも、みんな先生狙いときています。

私ははなから純粋に書道を習いたいという気持ちだったので、そんな人たちとは距離を置くようにしていたのですが、世の中って皮肉なもので、そんな私が逆に先生に気に入られてしまったのです。

先生とメアドを交換して、まずはメル友になりました。

そして先生からのけっこう熱心なアプローチが始まりました。

先生はもちろん結婚していて、奥さんも子供もいますが、ウワサによるとあまり夫婦仲はよくなく、外でフルタイムで働いている奥さんには愛人がいるのだといいます。

だから当然、先生には罪の意識などまるでなく、私に対する態度も、それはもうあからさまなものでした。

『今日、教室が終わってから、必ず残っていてほしい』

そのメールの文面からは、いよいよ私を本気で口説きたいという、熱意が感じられました。私のほうも、最初こそ特に先生のことをどうとも思ってはいなかったのですが、何度も何度もアプローチされているうちに、情が移るというか……憎からず思うようになってしまいました。

だから、そのメールの誘いに応じてあげることにしたのです。

教室が終わり、一人だけぐずぐずとしている私を、皆が怪訝そうにジロジロと見やりながら帰っていき、とうとうそこには……先生の家には私と先生の二人だけになりました。

「やっと二人きりになれたね。この日を本当に待ちわびたよ」

先生が私の肩を抱いて囁きました。

「あの……こんなことしていいんでしょうか。奥さんに悪いわ……」

「いいんだよ、あいつはあいつで好き勝手やってるんだから。僕らも気にせず自由にすればいいんだ」

先生はそう言いながら、私のブラウスのボタンを上から外し始めました。流れるような動きで繊細な指先が踊ります。

そしてボタンがすべて外され、はだけられたブラウスの前からブラジャーを着けた私の胸が現れました。

「ああ、白くてふっくらとして……本当にすてきな胸だ」

次に先生は、そのブラジャーも取り去ってしまい、ポロリと私の乳房がまろび出ました。すると、先生は後ろを向いて何やらごそごそとあさり始めたのです。

「あの、先生……何を？」

「ん？　まあ、黙って僕の好きなようにさせてくれないか。悪いようにはしないから」

やがて、先生が取り出してきたのは、他でもない先生の最大の商売道具……大・中・小サイズの三本の筆でした。そして同時に、何やら容器に入った透明の液体が用意され、床にはビニールシートが敷かれました。

「ふふ、今日は私の持てる技法のすべてを駆使して、きみを感じさせてあげるからね。でも、さすがに墨汁を使うわけにはいかないから、ローションを用意したよ。さあ、そこに横になりなさい」

先生はまず、中サイズの筆をローションの容器に浸しながら、私に指示しました。

私は言われたとおり、ビニールシートの上に横たわりました。

「ほう、横になっても胸が脇に流れず、きれいな形のままだ。本当にすばらしい」

嬉しそうに言いながら、先生はたっぷりとローションを含ませた筆を取り上げ、私の胸に下ろしてきました。

チュプ……と冷たい感触がして、一瞬ヒヤッとなりましたが、すぐに慣れました。

先生はその筆先をツツツ、と私の肌上に這わせて、乳首の周囲を円を描くように責めてきます。だんだんと外側から内側に向かって移動していき、ああ、いよいよ乳首だわ……と思うと、焦らすようにそこで止まって、また外側に離れてしまう。そんな意地悪な動きを何度も何度も繰り返されました。

「あん……そんなぁ……もうっ……」

「ふふふ……どう、たまんないだろ？」

そんな寸止めをされればされるほど、私の性感は高まってしまうようで、いつしか乳首は痛いくらいにビンビンに硬く突き立ってしまいました。

「ほら、乳首がもう爆発しそうなくらい、パンパンに張り詰めちゃってるよ。どうしようかなあ、そろそろ触ろうかなぁ……」

「ああん、早く……早く乳首を触ってぇ！」

私は恥も外聞もなく、そう懇願していました。先生の筆先が生み出す絶妙のタッチに、もういいように翻弄されてしまっていました。

「おっと、その前に僕のナマ筆に触ってもらおうかな。きみのあられもない姿を見てるうちに、こっちのほうもパンパンになってきちゃったよ」

先生がそう言ってスラックスを脱ぐと、細身の身体とは裏腹にたくましく勃起したペニスが姿を現しました。

「ああ、先生……太い……」

私は高まり続ける快感もあって、先生のペニスがもう愛おしくて愛おしくて、たまらなくなってしまいました。そして、筆を操りながら腰を私の前にせり出してきた先生のソレにしゃぶりついてしまったのです。

「おお……いいよ、佳代子さん……そう、もっとねっとり、笠の縁のところに絡みつけるように舌を……うう、そうそう……」

先生はそう指示し、それに応える私のフェラに悶えながら、また一本、今度は太い筆をより出して、右手の中太筆と二刀流で私のカラダに責めを繰り出しました。

太い筆は当然、毛束もざっくりとしていて大味ですが、その分、肌に触れる範囲も広くて、大きく撫で回すように刺激を与えてくれて、一方の中太筆のちょうどよく繊細なタッチと相まって、ものすごく立体的な感触で快感を注ぎ込んでくれました。

「ああ、あふ……先生、ああん……かんじちゃうふぅ……」

「ふふふ……きみのおしゃぶりもいいよ、とってもいい。それじゃあそろそろここに触ってあげようね……」

先生のその言葉とともに、ついに待ちかねた感触が……筆先が私の乳首を直接とらえ、もうさんざん焦らされていたこともあって、それはもう、ほとばしるような快感が敏感な先端部分で爆発しました。

「あひぃぃ……はふぅん……！」

「ほうら……気持ちいいねえ……さあ、今度はこうすると、どうかな……？」

先生は太い筆を手放すと、次に極細筆を掲げました。そして、中太筆で交互に左右の乳首を責めつつ、同時に極細筆で私のアソコをなぞってきたんです。

「あ……やっ……はふぅぅん……っ」

「どうだい、たまらないだろう？　きみの卑猥なヒダヒダを一本一本、責めてあげるからね」

私の口からチュポン、とペニスが抜かれ、先生は場所を移動して下のほうに陣取ると、今度は中太と極細の二本の筆を駆使して、アソコをいじめ始めました。

中太筆がアソコのヒダヒダをきめ細やかになぞり責め、極細筆がニュルニュルとクリトリスに絡みついてきます。

私のそこからは淫らな汁が噴き出し、ローションのぬめりと合わさって、だらだらと滴り落ち、ビニールシートをグショグショに濡らしていきます。

「あんんっ……す、すごい……めちゃくちゃ感じますぅ……」

繊細かつ力強く、先生の書道の筆さばき、力の強弱具合は、それはもう見事なもので、私はそのめくるめくような快感の奔流に、とことん翻弄されてしまいました。

「はぁはぁ……さあ、そろそろきみのこの淫らに熟れきった肉壺を、私の肉筆で味わわせてもらおうかな。ん……んふぅ……」

先生のその言葉とともに、生身の極太筆が振るわれ、私のアソコをえぐってきました。もうこれ以上ないほど昂ぶらされていた私の性感は、頭が真っ白になるようなエクスタシーの大波に呑み込まれてしまったのです。

「ああああっ、はひぃぃぃぃ……っ！」

ヌチョヌチョ、ジュプジュプ、ズチュズチュ……私の愛液とローションとが混ざった淫液が、あられもない音を立て響き渡り、その淫音の中、私はこれまでに感じたことのない、絶頂に達していました。

「きみさえよかったら、またいつでも可愛がってあげるからね」

射精を終えた先生はニコッと笑ってそう言い、私は快感の余韻にぐったりと横たわりながら、今後の自分のスケジュールを確かめ始めていました。

■義母は翼くんのアナルに指を突き入れたようで、その刺激に感応した彼のペニスは……

淫乱義母と若いセフレとの背徳エクスタシーに溺れて！

投稿者 佐野優子（仮名）／26歳／パート

私の義母は今年五十一歳になりますが（息子である私の夫は二十五歳です）、俗にいう〝美魔女〟というやつで、どう見ても十才以上は若くて、美しい容姿をしています。ただ、だからと言って男遊びをするわけでもなく、義父とラブラブ夫婦だったのですが、運悪くその義父が二年前に交通事故で亡くなってしまって……それからです、義母が人が変わったような淫乱になってしまったのは。

義母の場合、義父を亡くしてしまった、そのあまりにも大きな悲しみを、そうやって無理やり忘れようとしたのだと思います。いろんな男性と知り合っては、関係を結んで……その姿は傍から見ると、逆に痛々しく思えたぐらいでした。

でも、いつしかそれが、普通に義母の生き様になってしまいました。

夫の死の悲しみを忘れたいがための行為が、純粋にそれ自体に溺れ、愉しむものになってしまったのです。

すると、その母親のふるまいに反発するかのように、夫がセックスを毛嫌いするようになってしまいました。実の息子として、母親の淫乱ぶりを目の当たりにして複雑な思いになってしまうのは、わからないではありませんが、そのうち子供もつくらなければならないわけだし、あと何と言っても、私の肉体の欲求はどうしてくれるの？って感じでした。

そんな時、義母から実家に遊びに来るようにとのお誘いがありました。

実は、この前にも何度か誘いを断っていた私は、さすがに断りづらくて、この時ばかりは誘いに応じて、ある日のパート終わりの夕方、義母の家を訪ねました。

「優子さん、いらっしゃい。やっと来てくれたわね」

「すみません、何かと忙しくて……」

と、言い訳に必死の私でしたが、その時、玄関の三和土に男物のスニーカーがあるのに気づきました。

（え……？）と怪訝に思ったのも束の間、奥のほうから、大学生くらいの若い男が出てきました。そして、

「ああ、真佐子さん（義母の名前です）、この人？　今日のお相手って」

「ええ、そう。うちの嫁なんだけど、ダンナが全然相手にしてくれないんで、すごく

溜まってて、かわいそうなのよぉ……ね、優子さん？」

ず、図星だけど、なに、この急展開？　私が驚きのあまり目を白黒させていると、

「さあさあ、優子さん。あなたの欲求不満はお見通しよ。でも、あの子（夫）に無理やりセックスしろって言うのもなんだし……今日は私のボーイフレンドの翼くんといっしょに、気持ちよく愉しみましょうよ、ね？」

「えっ？　い、いえ、そ、そんな……」

「ほらほら、せっかくの真佐子さんの厚意なんだから、ここは嫁としてありがたく、素直に受けないと、ね？」

（そ、そうかあ？）私は思わず突っ込みを入れながらも、手を伸ばしてうなじを撫でてくる翼くんの指先の感触に、ゾクゾクと身を震わせてしまいました。

（ああ、どうしよう……確かに私のカラダ、すごく飢えてる……）己の肉体のあからさまな反応にうろたえながら、私は義母と翼くんに導かれるままに、寝室へと連れていかれてしまいました。

「ああ、とってもいいカラダしてるね。ダンナさん、手も触れてくれないなんて、もったいないないなあ」

翼くんが私の服を脱がしながらそう言うと、義母も、

「そうなのよぉ、うちの息子ったら石頭でね。今日はたっぷりと可愛がってあげてね。あ、もちろん、私のことも忘れないでね」

と、淫乱に微笑みながら自ら裸になり、私と翼くんとの間に交じってきました。初めて見たその裸体は、服を着た容姿を裏切らない、〝脱いでもすごい〟若々しく見事なものでした。

「もう、真佐子さんは本当に淫乱なんだから。でも、そこがいいんだけどね……サバサバしてて、最高のセフレだよ」

翼くんはそう言って、自分も服を脱ぎ、私の乳房を撫で回しながら、乳首に舌を這わせてきました。そして、そんな彼の股間に義母がすがりついていくのです。

「ああ、翼くんのコレ、今日もビンビンで絶好調ねえ……ンジュルゥ……」

確かに彼のペニスはもうすでに立派に勃起し、それを義母が、さも愛おしげにフェラチオしています。

「ああ、真佐子さん、いつもながら上手だなぁ……お嫁さんはどう、感じる？」

いつしか彼の指が私のアソコに入り込んで、内部をネチョネチョといじくり回していました。私はもちろん、感じまくりです。

「はひっ……ああん、やはっ……き、気持ちいいですゥ……」

「ふふ、優子さんたらそんなとろけそうな顔しちゃって……ね、翼くん、とっても上手でしょ？　でも、本領はチン○ン入れてからよ！　そりゃもうすごいんだから」

彼のペニスを一生懸命しゃぶりながら義母がニンマリと笑って言い、その一言で、さらに私の中の性欲テンションがうなぎ上りに昂ぶってしまいました。

「はふ、あふ……ああん、入れて……入れてください、もう私、たまんないのぉ！」

そんなあられもない艶声が喉からほとばしり、私は腰を翼くんに擦りつけて、恥も外聞もなくオネダリしてしまっていました。

「さあさ、翼くん、入れてあげなさい。思いっきり深くえぐってあげてぇ！」

義母の声が合図となり、彼のペニスがものすごい力感を伴って、私の中に入ってきました。太さ、硬さ、長さはもちろん申し分ありませんが、特筆すべきはその絶妙の動きでした。

うねり、震え、回転し、見事なまでに縦横無尽なピストン運動で、私のアソコの隅々まで責め立ててくれるのです。もう気持ちいいの、なんの……！

「あひぃ……イイっ……はふぅ、んはぁぁ……」

「ほぉら、すごいでしょ？　あと、ここをこうしてあげると……」

「うくっ……ああうぅ……！」

なんと義母は翼くんのアナルに指を突き入れたようで、その刺激に感応した彼のペニスはさらに硬さと勢いを増し、私の中にますます熱い快感を注ぎ込んでくるのです。

「あああああっ、もう……ダメェ……イ、クゥ……！」

私はものの見事に絶頂に達してしまいました。ある意味、義母と翼くんとのコラボレーションでイカされたと言ってもいいでしょう。

「さあ、今度は私の番よ。優子さん、バックアップお願いね」

「は、はい……お義母さん……」

その後、何度も攻守交代（？）して、快感を貪り合った私たち三人……ある意味、嫁と姑の絆と信頼が深まった気がします。

■囁くような甘い低音の声はとても魅力的で、その繊細な指先のタッチと相まって……

ダイアきらめく魅惑のゴージャスSEXに酔いしれた夜

投稿者 橋村あやか（仮名）／31歳／デパート勤務

デパートの宝飾品売り場で働いています。

当然のごとく、お客様の大半がそれなりに裕福な方々なわけですが、そういう人に限って、非常識というか、突拍子もないことを言うというか……この間、こんなことがありました。

そのお客様は五十代半ばくらいの、いかにも仕立てのいいスーツを着た紳士でした。ショーケースの中の『百九十八万円』と値札のついたダイアのネックレスを指差し、

「これをちょっと見せてもらえるかな？」

と言い、私は手袋をはめてそれを取り出しました。

「これ、ガールフレンドにプレゼントしようと思うんだけど、どうかな？」

「ええ、石の質の良さはもちろん、デザインも秀逸な逸品ですので、大変喜ばれると思いますよ」

私が質問にそう答えると、彼は、

「そうか……うん、わかった。これにしようかな」

「はい、ありがとうございます！」

私が勢い込んでお買い上げ手続きに入ろうとすると、彼がとんでもないことを言い出しました。

「ちょっと待った。プレゼントしたいのは君だ。今夜一晩つきあってくれるのなら、これを買って君に贈ろうと思うんだけど……どうかな？」

一瞬、狐に摘まれたようになった私ですが、気を取り直して彼に聞き直しました。すると、本気だと言うので、私は冷静になって事態を検証しました。

この男性に一晩抱かれれば、私は百九十八万円の売り上げ業績と、しかもなんとその百九十八万円のお宝自体も手に入れることができる……決まりです。

私は男性の要請を受諾することにしました。

夫には、親しい独身の女友達が交通事故に遭い、急遽一晩付き添ってあげなければならなくなったという旨の連絡を入れ、ほとんど疑われることなく納得してもらい（日頃の行いがいいもので……へへ）、デパートの閉店後、彼のジャガーで定宿だという高級ホテルにチェックインしました。

「さあ、早速着けてみてくれないか」

シャワーを浴びて、バスタオルを身体に巻いて浴室から出てきた私に彼が言い、さっきお買い上げいただいた百九十八万円のネックレスを取り出してきました。

私は言われるままに、裸の素肌に……首元にダイアのネックレスを着けました。

「ああ、思ったとおり、君の透き通るような白い肌に、ダイアのきらめきが実によく似合う……僕の目に狂いはなかったようだね」

「あの、ひょっとして、何度もこういうこと、されてるんですか？」

「そう、僕は美しい女性と宝石に目がないんだ。だから今まであちこちの宝石売り場で、今日のようなことをたくさんやってきたよ。ほとんど断られたことはないね」

そりゃそうでしょうとも……私は彼の言葉を聞きながらそうひとりごち、彼がネックレスの周囲の私の肌に唇を這わせてくるのに身を任せました。

「んん……うんん……」

「君、人妻だよね？　このしっとりと吸いついてくるような肌の感触は、その辺の小娘にはない魅力だ。ああ、いいよ……」

彼の囁くような甘い低音の声はとても魅力的で、その繊細な指先のタッチと相まって、私の性感をゾクゾクと昂ぶらせてくれました。

「うん、この少し茶色がかった乳首も味わい深くていいね。乳輪もちょうどいい大きさで……ああ、美味しい……」

彼の舌がピチャピチャと私の乳首をねぶり回し、その度にジャラ……と存在を主張するネックレスの冷たさが、肌上の刺激を増幅させてくるようです。

「あふん……あ、ああん……」

「ほら、僕のも握ってみて……けっこう大きいだろう？」

そう言われて握ってみた彼のペニスは、確かにそれなりに太く長く、力強い血管が表面に脈打っています。

「はい、とっても、大きいです……」

「だろ？　さあ、入れて欲しいかい？」

「は、はい……入れて……欲しいです……」

彼に調子を合わせて、というよりも、私はごく素直にそう思い、答えていました。

「この大きいの、早く私の奥のほうに深く入れてください……」

「そうか、そうか、うんうん、お望みどおり入れてあげようね」

彼は喜色満面にそう言い、腰にぐっと力を入れると、私のソコに、じっくりと味わうようにペニスを沈めてきました。

「あっ、あっ、あっ……きてる……大きいの、入ってきてるぅ……」

「ああ、君の中、ウネウネと絡みつくようで、とってもいい感じだよ……うう、やっぱり人妻のココはたまらんなあ……」

その腰の動きは少しずつ速くなっていき、同時に挿入の深度も増していきました。正直言って、夫のよりも力強く感じます。私のほうもその動きを貪るように腰を振って応えていました。

「ああ、イイッ……あふッ、あんんッ……！」

「ああ、僕ももう、イキそうだ……おおうぅ……」

一段と彼のピストンが速まったその瞬間、熱い放出とともに私もオーガズムに達していました。

「気が向いたらまた店に行かせてもらうよ。その時にもし、いいのがあったら……ね？」

一晩を過ごしての別れ際、彼はそう言いました。

もちろん、私は大歓迎ですが、ほんと、お金持ちの考えることって、よくわかりませんよね？

■背後から裕也くんに乳房を揉みしだかれ、前からは乳首を雅人くんに吸われ……

大学生男子二人に襲われるレイプ風味3Pエクスタシー！

投稿者 三上雪乃（仮名）／27歳／パート

某ファミレスチェーン店で働いてるんだけど、そこにすっごいカッコイイ、アルバイトの男の子がいて、私、ずっといいなあって思ってたんです。

そしたら、ある日なんと、彼（裕也くん・二十歳）のほうから誘ってきてくれて、私はもちろん、即OKしてしまいました。最近忙しくて全然相手にしてくれないダンナのことなんて、もうどうでもいいんです！

とはいうものの、私も彼もお金がないもんだから、逢い引きの場所は必然的に彼の一人暮らしのアパートになりました。

「おじゃましま～す」

彼の部屋の玄関に入ると、六畳・四畳半の2DKのそこは意外なほどにきれいに片付いてる上に、いい香りまでして、ちょっと女の影を感じさせましたが、まあ、こんだけのイケメンだったら、それもしょうがないかってかんじ？

裕也くんは私をベッドに座らせ、自分も隣りに来ると、もうまどろっこしい前置きはなしというかんじで、背後から手を回して、厚手のニットの上から私の両胸を揉んできました。もちろん、私も手っ取り早く事が進められるよう、ノーブラです。

「ああ、柔らかいですね……フワフワだ。すごくいい揉みごたえ」

裕也くんは大きくゆったりと、全体を揉みほぐすようにして、外側から中心の先端……乳首のほうへ向かって絞り込むようにしてきます。

とってもいいキモチ……。

私はそのとろけるような心地にうっとりと身をゆだねていたんですが、その時、突然ガチャリと玄関のドアが開けられる音がしたんです！

「おーい、来たぞぉ、裕也ぁ！」

「おう、時間どおりだな」

え？　え？　え？　私はもう大混乱状態で、胸を裕也くんに鷲掴みにされたまま、その場に固まってしまいました。

彼らの会話からすると、やってきたのは裕也くんの大学の友達で、雅人くん。イケメンとはいかないけど、見るからに体育会系でたくましく、ワイルドな魅力を放っています。

「この人かあ、おまえのバイト先のイケてるお姉さんって。たしかに可愛いし、カラダもいいねえ」

「だろ？　ほら、見ろよ、このオッパイ、ぷるんぷるんだぜ！」

　裕也くんがそう言いながら、私のニットをまくり上げると、乳房をあらわにして雅人くんに見せつけるようにしました。

「うっほーっ……こりゃたしかにたまらんっ！」

　雅人くんは私の前面から、剝き出しになった乳房にむしゃぶりついてきました。背後から裕也くんに揉みしだかれ、前からは雅人くんに吸われ、私のオッパイはもうトロトロの揉みくちゃ状態。でも、いくらなんでも、二人がかりだなんて……こんなの聞いてません。

　私がそう言って非難すると、裕也くんったら、

「まあ、いいじゃないですか？　雪乃さん、溜まってるんでしょ？　さすがの俺も欲求不満の淫乱人妻を一人で相手にするのは荷が重いかなって思って……体力自慢のコイツに助っ人を頼んだんですよ。ね、いいでしょ？」

　いや、いいも何も……もうこんな状態にされてしまってるっていうのに、私に選択の余地なんかあるの？

正直、今までこういう形でのエッチを経験したことのなかった私は、やっぱりちょっと不安で、ついつい身体に力が入ってしまいました。私の股間に雅人くんが手を突っ込んでこようとするのを、両脚をギュッと強く閉じてガードしようとして……でも、筋肉隆々の雅人くんにとってそんな抵抗はなんの意味もなく、いとも簡単にこじ開けられてしまいました。

「ふふ、雪乃さんたら往生際が悪いなぁ……ヘンに抵抗すると、まかりまちがって痛い思いするだけだよ？　ほらほら、観念して俺らにヤラれちゃいなよ」

今やムニュムニュと私の生乳を揉みながら、裕也くんが耳元で妖しく囁いてきます。

「ほら、いくら抵抗しても、もう乳首はこんなに……」

と言って、唾をつけた指で、硬くしこった両方の乳首をしごき立てるようにしてきます。これはたまりません！

「う～わ、すっごいコリッコリだよ？　何この乳首、感じ過ぎだって！」

裕也くんの言うとおり、私の乳首は痛いくらいに敏感に反応してしまっていました。そして同時に雅人くんが、私のパンティを脱がして、アソコを舐め上げてくるものだから、もう大変！

「うひゃあ、ちょっと、ちょっと……この濡れ方、すご過ぎるって！　お姉さん、いくらなんでもスケベ過ぎなんじゃないの？」

雅人くんの舌戯がこれまた絶妙で、上と下からの攻撃で、私は完全にメロメロ状態になっちゃったんです。

「ああ、雪乃さんの感じ方見てたら、俺らももうこんなになっちゃったよ。さあ、どうしてくれるの？」

裕也くんはそう言うと立ち上がり、私の目の前にビンビンのチ○ポを突きつけてきました。すると、反対側から雅人くんも同じようにして……。

「ほらほら、俺らの同時にしゃぶってよ！　大好きなチ○ポを二本同時に味わえるなんて、最高の贅沢っしょ？」

そうして、左右から二人のチ○ポが私の顔に押し当てられてきました。

私はもう、さっきまであった抵抗心などどこかに吹き飛び、左右の手でそれぞれチ○ポを支え、交互にフェラチオをしていました。私の唾液と先走り液でテラテラと卑猥にぬめり光るその様が、暴力的なほどにエロチックで、私のアソコの奥深くがジンジンと熱く疼いてくるのがわかります。

「あぁッ、もうダメだ……俺、先に入れるよ！」

そう叫ぶと、ついに裕也くんが私の口からチ○ポを抜いて、熱くただれたアソコに突っ込んできました。

ガクガクと激しく揺さぶられ、その快感に悶え喘ぎながらも、私は必死で雅人くんのチ○ポをしゃぶりました。

「ああ、すげェ……そんな激しくされたら……もう、出るぅ……」

私の口の中で雅人くんのチ○ポが爆発し、大量の精液がドクドクと口内に流れ込みました。すると、ほぼ同時に、

「ううっ、お、俺も、もう……！」

そう言って裕也くんも私のアソコに向けて激しく射精していました。

「あ、あああああっ……！」

そして私も、全身を痙攣させるように絶頂に達してしまって……。

そのあと、雅人くんと裕也くんがポジションを替えて、私たちは二回戦に突入しました。それはもう、若さ溢れる魅惑の快感タイムでした。

このレイプ風味のトリプルＳＥＸ、くせになっちゃいそうです。

■私はすっかり彼が悦んでくれることが嬉しくて、無我夢中でそのペニスを責め立てて……

夫の仕事の失敗を自らの肉体であがなう淫らな内助の功

投稿者　島村留美子（仮名）／29歳／専業主婦

その日の朝、

「今日は大きな商談があるんだ。うまくいくように、おまえも祈っててくれよ」

と夫が言い、私も、

「そうなの、がんばってね。大丈夫、きっとうまくいくわよ」

と言って送り出しました。

ところが夜になって、泥酔した夫が、同僚のNさんに抱きかかえられるようにして帰ってきたんです。

なんとか夫をリビングのソファに寝かせると、Nさんが事情を説明してくれました。例の大切な、大きな商談の席で夫が大失態を犯し、契約に至ることができなかったのだといいます。それですっかり絶望してしまった夫は自暴自棄になり、飲めないお酒を無理にあおって、この状態になってしまったのでした。

「正直、ご主人は非常にまずい立場に追い込まれてしまいました。それほどこの商談は会社にとって重要なものだったんです。下手したら、地方の支社に飛ばされてしまうかも……」

「そ、そんな……」

ちょうどマイホームをローンを組んで購入したばかりで、もしもそんなことになったら目も当てられません。

「なんとか……なんとかならないものでしょうか？　今、この家を手放さなければならなくなったら、私たち、もう……ウウッ！」

私は思わず、嗚咽を漏らしてしまいました。

すると、Nさんが言いました。彼は夫と親しく、私もこれまで何度も顔を合わせてきた、勝手知ったる間柄ではありました。

「先方の営業部長、実は僕の遠縁なんです。僕が頼めば、ひょっとしたら機嫌を直してくれるかもしれません」

「ほ、本当ですか？　お願いです、Nさん、主人を……私たちを助けてください！」

私は無我夢中で、Nさんに取りすがって、そう懇願していました。

彼はそんな私の様子をしばらく見ていましたが、私の顔を上向かせると、なんといきなりキスをしてきたんです。

「えっ……Nさん、い、いったい何を……?」

「僕、実はずっと前から奥さんのこと、いいなって思ってたんです。一度でいいから抱きたいな……って。どうでしょう、そんな僕の想いを叶えてくれたら、なんとかしてあげないこともないですよ?」

唾液の糸を引かせながら私の口から唇を離し、Nさんは言いました。

一瞬、あまりに予想外の展開に頭が真っ白になった私でしたが、冷静になると、あらためて事態を見つめ直しました。

(夫にもしものことがあれば、わが家は一巻の終わり……でも、ここで一回だけNさんの願いを聞き入れてあげれば、それが回避できるかもしれない……)

葛藤と逡巡がグルグルと頭の中で渦巻いた後、私は決心しました。

「わかりました。Nさんの言うとおりにします。そうしたら、本当に主人を助けてくれるんですね?」

「ええ、百パーセントは約束できませんが、放っておいたら、まちがいなくご主人は破滅です……そうならないようベストを尽くしますよ」

もう、この言葉にすがるしかありません。

私は自らボタンを外してブラウスを脱ぎ、ブラジャーも取り去りました。露わになった乳房にNさんが手を伸ばしてきます。

「ああ、なんてきれいなオッパイなんだ……透き通るように白くて、乳首も淡いピンク色で……ずっと思い描いていたとおりだ」

その声には喜びが滲み出ていて、私の乳房をやさしく撫で回すと、次第に力を入れて揉みほぐすようにしてきました。

「んっ……んん……」

「気持ちよかったら、遠慮なく声を出していいんですよ？」

Nさんは乳房を揉むと同時に、私の乳首に吸い付いてきました。そして、手の動きと連動させるようなリズムで、チュッチュと吸い上げ、舐めしゃぶってきたんです。

「あ……んっ……」

私はだんだん、その甘い感触に浸っていきました。

「ああ、感じてきてくれてるんですね……乳首がこんなにプックリと膨らんで、僕が吸うのに合わせてピクピクと震えて……なんて可愛いんだ」

Nさんのテンションはさらに高まり、より激しく私のオッパイを愛撫しながら、もどかしげに自分もスーツを脱ぎ始めました。

次第に露わになってくるその肉体を見て、私は少なからず驚いていました。まだ三十前だというのに、かなりたるんできている夫と違って、鍛えられ、引き締まった身体は、かなり魅力的なものだったのです。

そして、さらにその下半身も……。

「ほら、僕のもう、こんなになっちゃってますよ」

そう言って突き出されたNさんのペニスは太くて長くて、亀頭部分が大きく張り出したそのフォルムは、エロチックな迫力に満ちていました。

「さあ、その可愛い口で舐めてくれませんか？」

そう乞われ、私はもはやなんの抵抗もなく、それを口に含んでいました。亀頭をズッポリと咥え込んで、舌先でグジュグジュといじくりながら、頭を前後に動かしてしゃぶり立てます。夫もそうされると悦ぶので、時折、玉袋も口に含んで、ゴニュゴニュと口内で弄んであげます。

「う……ああ、素敵だ……奥さんにこんなことしてもらえるなんて……さ、最高に気持ちいいですぅ……！」

最初の葛藤はどこへやら、私はすっかり彼が悦んでくれることが嬉しくて、無我夢中でそのペニスを責め立ててあげました。

「ああっ、もう限界です……奥さんの中に、入れさせてくださいっ！」

Nさんはいきなりそう言うと、私の身体をグイッと持ち上げて、いつの間にかグッショリと濡れそぼっているアソコに、パンパンに張り詰めているペニスを突き入れてきました。

「ああっ……あふっ、ひあああっ……！」

そのえも言われぬ力強さに、私の喉から歓喜の喘ぎが響き渡ります。

「ああ、奥さんの中、とっても熱くて、ヌルヌルしてて……すごくいいですっ！」

Nさんの腰の律動が激しさを増し、私の性感もぐんぐん昂ぶり……数分後、ほぼ二人同時にフィニッシュに達していました。

その後、約束どおり、Nさんはうまく立ち回ってくれて、めでたく契約は成立、夫の立場も事なきを得ました。

でも、いつかまた、純粋にNさんとのエッチを愉しみたいと思っている、いけない私がいるのです。

■無防備になった胸に直接、吾郎さんのごつくて節くれだった指が食い込んで……

肉体をもって田舎暮らしの洗礼を受けた淫らな昼下がり

投稿者 鏡久美子（仮名）／35歳／農業

つい二年前まで、私はごく普通のサラリーマンを夫に持つ主婦でした。ところが、田舎に住む義父が事故で急死したことにより、夫が急遽田舎に戻って実家の農業を継ぎ、私は突然、農家の嫁になってしまったんです。

とはいっても、農作業をするのは実質、夫と六十五歳の義母で、私はもっぱら収穫した野菜等の仕分けやＪＡへの搬入作業の時に手伝う感じで、だいたいは、夫と義母が農作業で家を空けている時の留守を守り、家事中心の生活でした。

なので、〝農業〟自体で苦労することはほぼないのですが、一番困るのは〝田舎〟のご近所づきあいなんです。

田舎の暮らしでは、家に鍵をかけるという習慣がほぼなく、たいした用事がなくてもご近所の人たちが、「鏡さーん！」と言いながら、勝手にずかずかと家に上がり込んでくるなんていうことは日常茶飯事。地元の人にとってはごく当たり前の日常ですが、私にはなかなか慣れることができず、今でも、ふと気づくと突然お隣りさんが目の前にいて心臓が飛び出しそうになる、なんて有様で、田舎ののんびりしたイメージとは裏腹に、実は気の抜けない日々の連続だったりするんです。

そんなある日、夫と義母が昼食を終えて農作業に戻っていくのを見送り、私は台所で食器を洗っていました。

ふと気づくと、同じ集落内に住む吾郎さんが私の背後に立っていたんです。別に物音を立てないように彼が忍び寄ってきたわけではなく、食器を洗う水道の音で、私のほうがわからなかったのだと思います。

「あ、ご、吾郎さん……ど、どうしたんですか？」

私は飛び出しそうになる心臓を押さえて、平静を装いながら声をかけました。でも、実は内心穏やかではありません。

吾郎さんは四十歳の独身コメ農家で、お母さんと二人暮らし。たくましいガタイの力持ちで、よその家の手伝いや、集落の共同作業にも率先して参加してくれる気さくな人柄で、皆から頼りにされている人物でした。ただ、無類の女好きというもっぱらの噂で……よその奥さんに手を出したことも、一度や二度ではなく、でも皆、吾郎さんにあれこれと助けられているので、あえて不問に付しているというのです。

「ん？　いや、親戚からお菓子を送ってきたんで、ぜひ久美子さんに食べてもらいたいと思って。ほら、これ……」

それは、私も以前の暮らしで食べたことのある、全国的に有名なラスクでした。

「あ、ありがとうございます……知ってます。これ、すごく美味しいんですよね」

「そうか、俺、こんなシャレたもん食ったことないからわからなくて。でも、それならよかった」

そう言って吾郎さんは、ラスクの入ったビニール袋を差し出してきました。

私がそれを受け取ろうと手を伸ばした、その時です。

「く、久美子さん……っ！」

吾郎さんが私の手首を摑み、すごい力で自分のほうへ引き寄せたんです。私はいとも簡単に彼の懐の中に転がり込んでしまいました。

「あっ……吾郎さん、な、何を……っ⁉」

「俺、ずっと前から久美子さんのことが……な、いいだろ？」

「そんな、だ、だめですっ……いやっ、吾郎さんっ……！」

農作業で鍛え上げられたその胸板は分厚く、腕は太く、非力な私には抗いようもありませんでした。

「そんな大声あげちゃダメだよ。こんなところを見つかって困るのは、アンタのほうだよ？　かあちゃんがよその男にやられただなんて、久志さん（夫の名前）が大恥かくことになるんだよ？」

そんなものなのでしょうか？　それが田舎の常識なのでしょうか？　私は頭の中がグルグルしてしまい、同時に抵抗する気も萎えてきてしまいました。

「そうそう、おとなしくするのが一番だ」

吾郎さんは、背後から抱きすくめるようにしていた手の力を抜くと、エプロンをたくし上げながらトレーナーの中に突っ込んできて、ブラジャーごと私の胸を揉みしだいてきました。

「おお、やっぱいい胸しとるなぁ……でかくて柔らかくて……た、たまらんなぁ」

「あん……はうぅ……っ」

やがてブラジャーも上側にずり上げられ、無防備になった胸に直接、吾郎さんのごつくて節くれだった指が食い込んできました。それは痛いのだけど、同時に夫とは比べものにならない力強さが、えも言われず心地よく、私はなんとも奇妙な恍惚感に包まれていきました。

続けて、とうとう上半身を裸に剝かれ、ジーンズとパンティも脱がされていきました。

吾郎さんも自ら服を脱いで、台所の板の間に私たちは全裸で横たわりました。

まだまだ農家の嫁らしくなく色白な私の肌に、浅黒く日焼けした吾郎さんの手足が絡みつく様は、なんだかもう無性にエロチックで……私の身体の奥のほうがジンジンと熱くなってきてしまいました。

「ああ、肌もスベスベで吸いつくようで……やっぱ都会の女はいいなあ。こっちの女はみんな色黒で、肌もガサガサでいかん」

吾郎さんは鼻息も荒くそう言いながら、私の身体をかき抱き、乳房からお腹からお尻から、ベロベロと舐め回してきました。

「んんっ、ああっ……はんっ……」

私のほうも、夫や都会の男にはない、吾郎さんのそのカッカッと火照ったような身体の熱さに全身を灼かれるような心地で、今まで感じたことのない強烈な興奮に包まれていました。

「ほら、これ……握ってみ？」

吾郎さんにそう言われ、その性器に触れてみると、それは優に夫の一・五倍はあろうかという見事な一物で、

「あああぁぁぁ……」

私はなんだか変な声を出しながら、それを自分の股間へと招き寄せてしまいました
「そうか、そうか……これが欲しいんだな。お～お、こんなにたくさんスケベなヨダレを垂らしちゃって……よしよし、入れてやるぞ」

吾郎さんは私の股間をパックリと大きく開かせると、その中心に一物を突き立ててきました。そして耕耘機のような力強さで、ガッガガッガッと深く激しく掘り起こされて……。

「はひぃぃッ、んはあぁッ……こ、こわれちゃうぅ……！」

「おおおおッ、久美子さん……お、俺も……いいよぉ……」

そうやってしばらく正常位で責められたあと、次に後背位で貫かれて、私はイキ果て、吾郎さんも私の背中に盛大に射精しました。

「ああ、よかったよ、久美子さん……」

満足そうに帰っていく吾郎さんの背中を見送りながら、私はようやくいくらか、この土地の暮らしに馴染めたような気がしていました。

■彼の腰が叩きつけるように私のお尻に打ちつけられ、オチ○ポが奥の奥までえぐり……

誘導痴漢トラップでストレス解消するエッチでイケナイ私

投稿者　吉野公江（仮名）／32歳／パート

近所のコンビニでパート勤めしてるんだけど、もうここの店長が嫌なヤツで、私は毎日ストレス溜まりまくり！　かといってここら辺、他に適当な条件の働き場所がないからやめるわけにもいかず、ほんと、ツライところなわけ。

だから、私、週に一回くらいのペースで、ちょっと人には言えないような方法で、ストレス発散しまくっちゃってるの（ただ、うまくいかない時もあるから、なかなか難しいものがあるんだけど……）。

それはズバリ、『誘導痴漢大作戦』！

それってどういうものかというと……たとえば、先週はこんなかんじだったわ。

火曜日の朝の七時半、私はラッシュアワーの駅のホームで、薄手の白いブラウスにピンクのカーディガン、下は黒いタイトスカートという、いわゆるＯＬの通勤スタイルの格好で獲物を物色する。

（あ、今日はアレがいいかも……）

私の視線の先にいるのは、三十代後半くらいのサラリーマンで、なかなかのイケメンさん。ちょっと気弱そうなかんじがちょうどいい。

ホームにごった返す人波を縫って、私はさりげなく、彼のすぐそばまで接近する。電車が来て、どっと乗客たちが乗り込み、私と彼は車内で密着状態のまま、発車する。

さあ、ここからが私の腕の見せどころ。

カバンを網棚に載せ、両手を上げて吊革に摑まってる彼のほぼ正面に密着している私は、わざと自分の胸を、彼の胸に擦りつけるようにするの。私、これでもけっこう胸は大きいほうだから、インパクトはそれなりにあると思うの。

すると、最初は電車の揺れとかの影響かと思ってるようで、彼はあえて気づかないふりをしてるんだけど、そこで私はけっこうわかりやすく擦りつける胸に力を入れてあげるわけ。

さすがにそこまでされると、彼のほうも単なる偶然なんかで私の胸が触れてるわけじゃないことに気づき、しげしげと私のほうを見下ろしてきたわ。

そこで私はもう一押し、今度は腰を押し出すようにして彼の股間を刺激するの。ちょっと力を入れてグリグリって押しつけてあげると、彼のズボンの前が反応して強張ってくるのがわかったわ。

(本当にいいの？) みたいな目で彼は私を見てきて、私も (ふふ、もちろんよ) みたいな目線を返してあげるの。

次の瞬間、彼が右手を吊革から離して、下に下ろしてきた。そしてその手を私のお尻のほうに回してサワサワと……。

(かかった！)

私はその手をガッと摑むと、

「ちょっとあんた、何触ってんのよ？」

と、大声で言ってやった。当然、周囲はもうチョーざわついて、彼のほうはもうしどろもどろ！

「えっ……だ、だって……あなたのほうから先に……」

と、必死で反論しようとするけど、私は胸と股間は擦りつけたものの、それはあくまで偶然の範囲で説明できるわけで、〝手〟を使ったら、まあ一巻の終わりよね。

「ほら、次の駅で降りるわよ、この痴漢野郎！」

と、問答無用で彼の手を摑んだまま、電車を降りた。

こういう時って、周りの乗客たちが騒いで痴漢を捕まえたりするものだけど、さすがに私のその剣幕の前では、誰も助太刀の必要性を感じなかったようで（笑）、一人もついてはこなかったわ。

　もう彼のほうは真っ青になってて、駅員に突き出されるのを覚悟してたみたいだけど、私が手を摑んだまま、ズンズン女子トイレのほうに向かってくものだから、すごい混乱してたみたい。

　うまい具合に女子トイレには他に誰もいなかったので、私は一番奥の個室に彼を押し込んで、自分も入って鍵をかけた。

「さあ、駅員に突き出されたくなかったら、私を満足させてちょうだい！」

　そう言って、トイレの蓋の上に彼を座らせて、私はその膝の上にまたがった。

「えっ、えっ……？」

　ふふ、そりゃまあ、相手としてはうろたえるだろうけど、私としては最初から計画どおり……誘導尋問ならぬ、誘導痴漢で獲物を誘い、寸止めしつつ、相手の弱みを握る形で、セックスを強要するってわけ。

　やがて、彼も事の成り行きをどうにか理解したようで、

「わかりました。あなたをエッチで満足させることができれば、痴漢のことは不問に付してくれるということですね？」

「そうそう。ほら、いっぱい舐めて！」

めでたく交渉成立。私はカーディガンとブラウスの前をはだけ、自分でブラジャーをはずして、生乳を彼の顔に押しつけるようにした。

「はむっ……んふぐ……んむぅ……」

彼は大きく口を開けて乳房にむしゃぶりつき、はむはむと乳肉を貪りながら、乳首を舐め回してきた。ああ、いつも本当に、この相手が屈服する瞬間がもう最高に興奮しちゃうの！

「ああん、そう、そうよ……もっと激しく、思いっきり舐めてぇ！」

「んんんぐ、んじゅぷ……むはぁぁっ……」

今や彼も、強要されてる感はまったく無く、一心不乱に愛撫に打ち込んでて、ふと気づくと、股間に硬い盛り上がりが感じられた。

「ああん、私のアソコを何かが突いてくるぅ……硬くて、大きくて……ああん」

私は手を下にやって、彼のズボンのベルトを外すと、下着の中から勃起したオチ○ポを引っ張り出してた。そして、それを思いきり激しく擦り立ててあげた。

「ああ、すごい……熱くてピクピクしてるぅ！」

「ううっ、そ、そんなに激しくされたら……あくぅ……」

「あ、出しちゃったりしたら承知しないんだからぁ……駅員に言うわよ！　ほら、早く入れて……突いてぇ……」

私は狭い個室の中でなんとかパンティを脱ぐと、それを彼の口の中に突っ込んで、腰を沈めてオチ○ポをアソコの中に沈めていった。

「んぐぅ……ううんく……」

パンティを口に突っ込まれた彼がせつなげに喘ぐ。そう、これがまた私のお気に入りのプレイ。なんとも言えない征服感を味わうことができるの。

彼は私の腰をガッシリと摑むと、カチンカチンに強張ったオチ○ポで下からえぐるようにして突き上げてきた。

「ああん、そう、そうよ……もっと、もっと深く、もっと速く……」

私は彼の首っ玉にすがりついて、そう叫んでた。全身を貫く電流のような快感が、もうたまらないの。

でも、彼のほうはなんだかしっくりきていないようで、

「んぐ……うくぅ、むむぐぅ……」

何か唸るようにして、私の身体をぐっと持ち上げて立たせると、壁に手をつかせて後ろ向きにさせてきた。そして、バックから突き入れてきた。

「はふぅ……ふ、深い……奥まできてるぅ……」

確かにさっきまでの変則騎乗位とはわけが違う。

彼の腰が叩きつけるように私のお尻に打ちつけられ、オチ○ポが奥の奥までえぐり、貫いてくる。それはもうすごい快感のインパクトで、私の下半身はガクガクと震えてきちゃう。

「ああん、いい……いいのォ、感じるぅ……」

「んんんぐ、んっ、んっ、んっ……」

彼の呼吸も見る見る荒くなってきて、私の性感の高まりとともに、クライマックスが近くなってくる。

そして、一段と彼の動きが速くなったかと思うと、腰の辺りに熱く大量のほとばしりを感じ、私はイッちゃってた。

「あ、それもういらないから、持ってっていいわよ」

私は彼が口から出したパンティを返そうとするのを断ると、バッグの中から新しいのを取り出して、それを穿くと、さっさとそこをあとにした。

あ～、スッキリした！

■次の瞬間、生まれて初めての強烈な異物感が私をえぐり、貫き、揺さぶって……

義兄の巨根の餌食となり初めての衝撃快感の虜になった私

投稿者 芳村真由美（仮名）／28歳／専業主婦

夫には二才年上の孝弘さんというお兄さんがいます。孝弘さんは今、三十二歳の独身ということで、まわりからは早く結婚しろと急き立てられていますが、おそらく、まだまだ当分しないと思います。

え、なぜかって？

それは、私が身を持って知ったから……。

その日、久々に孝弘さんがうちに遊びにくるということで、私は料理やらお酒やら、あれこれ準備していたのですが、いざ直前になって、夫が急に残業で帰れなくなってしまい、結果、その時にはもううちに向かっていた孝弘さんを、私一人でおもてなしすることになったんです。

もともと人柄もよく、私は全然お酒のお相手をするのとかイヤではなかったんですが、これまでそれほど一緒に飲んだことはなく、まさか孝弘さんが酔うと、あんなことになってしまうとは……。

「ねえ、真由美さん……正弘（夫の名前）のやつ、ちゃんと可愛がってくれてる？」

「え？　可愛がるって……いえ、そんな……」

「あ、やっぱり！　あいつ、昔からそっち方面はやたら淡泊だったから、心配してたんだよ。そうか、可愛がってくれてないか……かわいそうに」

いきなりの立ち入った質問に私がうろたえているうちに、孝弘さんは勝手に解釈して納得してしまったようで、お酒臭い息を吐きながら、私の横に席を移動して、しなだれかかってきました。そして、

「こんなに可愛いのにもったいない……俺だったら毎日、放っとかないのにさ……」

そう言って、後ろから手を回してサワサワと腰の辺りを撫で回してきたんです。

「あ、お義兄さん、何してるんですか……ダメですって！」

私は慌てて身を離そうとしましたが、孝弘さんは酔っているくせにその力は強く、どうあがいても逃れることはできませんでした。

「ねえ、一度俺と試してみようよ？　絶対に後悔させないからさ」

その手はますます力強く私を抱きしめ、ムニムニと私の胸を揉みしだいてくるのです。実は最近、ほとんど夫に触れられていない私の身体は、その荒々しい愛撫にだん

だん反応してきてしまいました。

「あ、だ、だめですって……ちょっと、お義兄さん……あっ……」

自分でも、抵抗する言葉に、なんだか甘い喘ぎのようなニュアンスが混じってしまっているのがわかりました。揉まれる胸を中心に甘い痺れのようなものが広がっていき、アソコがジンジン疼いてくるのが感じられます。

「ハァハァ、真由美さん……ああ、太腿もムチムチで、たまんないよぉ……」

孝弘さんは胸と同時に私の下半身のほうもまさぐり、とうとうその手はパンティの中に侵入してきて、直にアソコに触れてきたんです。

「ああ、もうこんなに濡らして……相当飢えてたんだねぇ」

「そ、そんなこと……ああっ……」

正直、図星を突かれた私は、彼の愛撫に腰をくねらせてヨガり、さっきまではかろうじてあった人妻としての貞操感も、どこかに消し飛んでしまっていました。

「ほら、見て見て……俺のコレ、けっこう凄いでしょ？　これで思う存分、可愛がってあげるからね。へへへ……」

孝弘さんがそう言いながら取り出したアレ……オチン○ンは、それはもう見事な巨根で、私は思わず息を呑んでしまいました。

「あ……そ、そんな大きいの、ああん……」

「ふふふ、だろ？　これでやられた女は、みんな忘れられないって言ってるよ。さあ、真由美さんも味わってみなよ」

次の瞬間、生まれて初めての強烈な異物感が私をえぐり、貫き、揺さぶってきました。それはもう圧倒的なカイカンの感動でした。

「ひゃあぁっ、何これ……す、すご、すご過ぎるぅ……あふっ、あひいいぃぃッ！」

もちろんこれはレイプというわけではありませんが、ここまで〝犯される〟という表現が似合う感覚は衝撃的で、私はあっという間に呑み込まれていきました。

「ああ、真由美さん、どう、いい？　ああッ……締まるぅ……」

「ああん、孝弘さん……私も、あう……もうッ！」

その絶頂感は凄まじく、私は痙攣するようにイキ果てていました。

「ふう、よかったよ、真由美さん。またこのチ○ポが欲しくなったら、いつでも声をかけてね」

孝弘さんはそう言って帰っていきました。

ね？　こんな調子じゃあ、結婚なんかしてられないと思いませんか？

■彼女は私のシャツの胸元に鼻面を突っ込んで、鼻息も荒く乳房の谷間を貪るように……

誰もいないオフィスでお局様と淫らにつながり合って！

投稿者　設楽美優（仮名）／24歳／事務アルバイト

昼間の四時間だけ、ある小さな会社の事務のアルバイトをしています。

そこは、私の他に三十六歳のお局（？）女性社員と、あと社長がいるだけなんですが、この社長はしょっちゅう営業であちこち飛び回っていて、ほとんどいません。

ついこの間のことでした。

いつものように社長は外回りでおらず、会社にいるのは私とお局様の二人だけだったのですが、なんだかお局様がすごく機嫌が悪そうなんです。いつもは人当たりもよくて、やさしい人なんですが、その日はなんかやたら当たりがきつくて……。

そしてお昼、私が一人お弁当を食べていると、スマホで電話を終えたらしい彼女が外から戻ってきました。自席に着くや否や、急に泣き出してしまって。

私は慌てて駆け寄り、そんな彼女をなだめようとしました。

「どうしたんですか？　落ち着いてください！　私でよかったら相談に乗りますよ。

ね、泣かないでください」

とまあ、この状況じゃあとりあえずそう言うしかないじゃないですか？

そしたら彼女は、私に取りすがってきて、こう言いました。

「ああん、設楽さんだけよぉ、私にやさしくしてくれるのは……あいつったら、私がこんなに愛してるのに、あんな女と……くそぉッ！」

どうやら、恋人に手ひどい目に遭わされたようです。

（ああ、この人でもつきあってる相手がいるんだ……）

と、私は妙な感慨を持ちながらも、

「だ、大丈夫ですよ、きっと戻ってきてくれますって……」

などと適当な慰めの言葉をかけていました。すると彼女は、

「ありがとう……うわあん、ありがとう～ッ……」

感極まったように泣き声をあげながら、私を抱きしめてきたんです。

（い、いや……いくらなんでもこれは……⁉）

私が突然のなりゆきに動揺していると、今度はいきなり唇にキスをしてきました。

「⁉　んん……うぷ、ちょ、ちょっと……な、何を……？」

私がそう言って必死で抗おうとしても、彼女は、

「設楽さん、もっと、もっと私を慰めて……ね、お願い！」

と言って、さらにキスの勢いを激しくして、私を抱きすくめるような格好で、フロアの床に押し倒してしまったんです。

「ああ、設楽さん、本当はずっと前からあなたのこと、いいなって思ってたの……」

悩ましげな声でそう言いながら、彼女は私のシャツの胸元に鼻面を突っ込んで、鼻息も荒く乳房の谷間を貪るようにしてきました。

「あ、あの……私、女なんですけど……気を確かに持って……！」

「あら、言ってなかった？　私、真正のレズビアンなの。さっきの浮気性の恋人だって、もちろん、同じ歳のデパガよ」

私は思わぬカミングアウトにびっくりしてしまいましたが、だからといって納得するわけにはいきません。必死で彼女を押し離そうとするのですが、彼女の勢いは増すばかりで、ついにはブラを剝ぎ取って、私のオッパイを直接吸い始めてしまいました。

「ね、いいじゃない？　女もいいものよ。今日だけでいいから、傷心の私のこと、思いきり慰めてぇ！」

「あ、いや、で、でも……っ！」

抵抗しようとする私でしたが、いつしか彼女の責めに気持ちよくなってきてしまって……次第に身体中から力が抜けていくのがわかりました。

「ほら、あなただって濡れてきてるじゃないの。カラダは正直よね。さあ、もっと大きく脚を開いて……そうよ……」

気がつくと、私は下半身を裸にされていて、彼女も同じ格好で私に絡みついていました。女同士の生脚がもつれ合う様は、なんともいえずエロチックでした。

「ほら、これが私愛用のレズ用バイブ。これで二人がつながれるのよ」

彼女はバッグから双頭バイブレーターを取り出すと、その一方の疑似肉棒を私の中に突っ込むと、もう片方を自分の中に沈めていきました。

向き合って淫らにつながった私たちは、お互いの両手を取り合って、全身を揺さぶりながら快楽を貪っていました。男とのセックスとはまた違った、えも言われず妖しい熱気が私を覆い、包み込んでいきます。

「ああっ、何これ……き、気持ちいヒィィいっ……」

「あふ……ああ、設楽さん、いいわ……最高よ！」

たっぷり三十分間、私たちはレズセックスの悦楽に浸りきっていました。

その後、彼女はスッキリ吹っ切れたようで、いつものやさしい人柄に戻っていました。思わぬ展開でしたが、私も未体験の満足感を感じることができたんです。

■久々の勃起ペニスの感触は、もうたまらないほど刺激的で、私は声を張り上げて……

心傷ついた者同士の激しくも甘美な愛欲関係に身を投じて

投稿者 小宮山かおる（仮名）／34歳／専業主婦

団地暮らしの主婦です。

実は少し前から、出会い系で出会った相手と不倫関係にあったのですが、その逢い引きの現場を、同じ団地に住むFさんという男性に見られてしまいました。ことが終わって、ちょうどホテルから出てくるところを。

Fさんは三十七歳で、少し前までは普通にサラリーマンをしていたのですが、会社の人間関係のこじれから精神を病んでしまい、今現在は休職して自宅療養中、奥さんが代わりにフルタイムで働いているということでした。

もともと顔を合わせれば挨拶する程度の仲ではあったのですが、その目撃事件のあとは、やたら接近してくるようになりました。私が買い物に出かけようとした時など、見計らったかのようにやってきて、声をかけてくるんです。

「あの男性とは今も会ってるんですか？」

「……いえ、もう会ってません……」

「ふ～ん、それじゃあアソコが疼いて仕方ないんじゃないですか？」

「そ、そんなことは……」

ニヤニヤといやらしい笑みを浮かべながらこんなことを言いつつ、でも、別段口止め料を要求したりといった、私に何かを求めてくるわけではありません。

「彼のアレは大きかったんですか？」

「奥さんはどんな体位が好きなんですか？」

とにかく、私が何も言い返せないのをいいことに、いやらしい質問を次から次とぶつけてくるんです。

終いには、とうとう私は逆ギレ（？）のような感じになってしまいました。

「いったいどういうつもりなんですか？　お金が欲しいなら欲しい、私のカラダが目当てならそうと、はっきり言ってくれませんか？」

すると意外なことに、Fさんは声を押し殺すようにして泣き出してしまったのです。

「うう……す、すみません……社会からドロップアウトして、こんな境遇になってしまってから、妻や子供からも蔑むような目で見られて、自分なんかこの世にいらない存在なんだとずっと思わされて……そんな時に奥さんの浮気現場を見て、ようやく自分が優位に立てる相手を見つけられたものだから、つい……す、すみませんでした……っ！」

思いもしない告白を聞かされ、私のほうも思い当たるところがありました。

そもそも私が不倫に走ったのも、夫が先に女をつくり、家にほとんど帰らなくなり、とことんないがしろにされたことへの反発心からでした。

いわば不倫は自分の存在を確かめるための行為であり、そういった意味ではFさんと大差ないのでした。

そう考えると、急にFさんに対する同情心が湧き上がり、私は泣きむせぶ彼の手をとって、自室へと導いていました。彼も、一瞬きょとんとしましたが、すぐに子犬のごとくすがるような目をしてついてきました。

部屋に入って鍵をかけ、寝室に向かうと冷たいベッドの上にFさんを座らせ、私はその前に立ちました。そしてゆっくりと服を脱ぎ始めました。彼は最初驚いていましたが、だんだんその目にギラついた牡の光を宿し始めました。

そして私がブラジャーとパンティだけの姿になった時、私の手をとって身近に引き寄せました。

「いいんですか？　僕なんかとこんなこと？」

「あなただから……いいんです」

私の中にあったのは、欲望ではなく同志愛のようなものでした。同じつらい境遇にある相手を慰めてあげたいという……。

でも彼のほうは、がぜん欲望が昂ぶってきたようで、荒々しく私の身体を掻き抱くようにしてきました。そして、ブラのホックを外して、赤ちゃんのように一心不乱に乳房に吸いついてきました。

「ああう……奥さん、奥さん……オッパイ、美味しいです……」

そうまでしてもらえると、徐々に私の中にも女としての悦びのようなものが兆してきました。乳房全体が火照るように熱を持ち、乳首に向かって血流がほとばしるようにキューーッと甘い痺れが伝わっていくのです。

「ああ、Fさん、私もなんだか……へんな、かんじ……」

喉から漏れる声にも淫靡な響きが潜むのを、自分でも認めざるを得ませんでした。

「本当にきれいだ。このお尻のラインも芸術品のようですよ……」

Fさんはそう言いながら、私を四つん這いにさせて、パンティを脱がしつつ腰からヒップにかけてを舐め回してきました。ゾクゾクとした震えが下半身を覆っていきます。アソコがジュンッと熱く湿ってくるのがわかります。

「あ、奥さんのココ、こんなにお汁が……」

彼は後ろから私の秘部を吸い上げてきました。ジュルジュル、ジュブジュブ……と、あられもない音を立てながらアソコがわななき、私は思わずベッドに突っ伏してしまいました。そして、

「ああっ、Fさんのも舐めさせて……」

そう言っておしゃぶりを逆おねだりし、仰向けになった私の胸の上に、裸になったFさんがまたがってきました。そして、すでに硬く大きくなっているペニスを私の目の前に突き付け、私はそれを脇目も振らず咥えたのです。

「あふ、おふぅ……じゅぷ、うぷ、はうぅ……」

必死に首を起こして、Fさんのモノを舐めしゃぶりました。太い血管を浮かべながら私の唾液でてらてらと光る様は、グロテスクでありながら、とてつもなく卑猥な魅力に溢れていました。

「わあ、奥さんのココ、ますますグショグショだぁ！」

Fさんが後ろに手をやって私の秘部を指でえぐると、嬉しそうに言いました。そりゃそうです、私はもうすっかり感じまくっていて、早くチ○ポを入れてほしくてたまらなくなっているのですから。

「ねえ、もう……もう、入れてぇ、おねがいだからぁ……」

「うん、わかった、僕ももうギリギリだもの……入れようね」

自分のガマン汁と私の唾液をペニスから振りまきながら、Fさんは立ち上がると私の腰をグイッと持ち上げて、深々と挿入してきました。

もうかれこれ夫とは半年以上もご無沙汰なので、実に久々の勃起ペニスの感触は、それはもうたまらないほど刺激的で、私は声を張り上げてヨガってしまっていました。

「あああああああん、いいいいいぃぃぃぃぃ……ッ！」

「奥さん、奥さん、奥さんッ……！」

Fさんも荒い息遣いの中、そう声を絞り出し、激しく腰を振り立てました。

私の頭の中では何度も何度も絶頂の白い光が弾け飛び、ドクドクとFさんの白濁液が胎内に注ぎ込まれました。

「今日はどうもありがとうございました。奥さんのおかげで、もうちょっと人生を頑張れそうです」

「ううん、こちらこそ」

何かが吹っ切れたような思いの私は、ちゃんと夫に向き合ってみようという気持ちになっていました。

素人手記
ほしがる人妻たち～初めての快感体験告白

平成29年３月23日　初版第一刷発行

発行人　後藤明信
発行所　株式会社　竹書房
〒102-0072　東京都千代田区飯田橋2-7-3
電話　03-3264-1576（代表）
03-3234-6301（編集）
ホームページ：http://www.takeshobo.co.jp
印刷所　凸版印刷株式会社
デザイン　株式会社　明昌堂

定価はカバーに表示してあります。
乱丁・落丁の場合は小社までお問い合わせください。
ISBN 978-4-8019-1026-3 C0193
Printed in Japan

※本書に登場する人名・地名等はすべて架空のものです。